Des gens bien

Caroline Michel

Des gens bien

roman

Flammarion

ISBN : 978-2-0804-6155-1

1.

Joshua plaque une main sur sa frange brune et l'écrase sur son front. Assis à l'extrémité d'un vieux banc en métal, une fesse au-dehors et les coudes sur les genoux, il exécute ce geste à plusieurs reprises. Il espère être présentable. À son arrivée, madame Baker lui a redit combien la coiffure faisait beaucoup, tout comme le port de tête. Pour cette raison, il redresse le menton et épie le plafond constellé de dalles et de luminaires à grille. Le ciel de ce gymnase est identique à celui de la cantine, située à quelques rues d'ici.

Son cou s'étire, sa nuque est douloureuse. D'ordinaire, Joshua regarde plutôt ses pieds. Catherine, sa dernière mère en titre, le lui reprochait souvent. Elle l'aurait aimé plus jovial. À cette pensée, Joshua se décide à sourire, seul dans le vestiaire. Il offre un rictus crispé au vide qui l'entoure. Ses dents du bonheur ne dégagent rien d'heureux ; à cet instant, il ressemble à une peinture qui force le malaise. Il commence à griffer son pantalon puis soupire d'agacement. Ses joues d'enfant manquent de couleurs. Il a faim. Catherine l'a déposé tôt ce matin, sans même une collation. Elle l'a largué sur le bord de la route. Il a shooté dans tous les cailloux qu'il a trouvés jusqu'à l'entrée du bâtiment. Maintenant, il a hâte d'en finir.

— La salle se remplit, annonce madame Baker qui apparaît dans l'embrasure de la porte.

— Où sont les autres ? articule Joshua.

— Toujours dehors. Tu peux encore les rejoindre. Tu as vingt minutes devant toi.

Joshua n'a pas envie de mettre le nez à l'extérieur, sur l'immense terrain où des enfants s'occupent en attendant le début de l'événement. Il connaît les lieux, le panier de basket sans filet et l'herbe sèche qui brûle en été. Il s'y rend parfois après l'école, quand il a le courage de grimper la rue de l'Enfer, comme on l'appelle ici, à Saint Helen. Il faut bien dix minutes pour atteindre le sommet de la ville. Une poignée de maisons et de bungalows encadre le bitume chaud. Tous paraissent abandonnés, sans vie ; parfois, un vieux déblaie son jardin ou s'affaire sous son porche, rien de plus.

Madame Baker repart déjà. Elle effectue de nombreux allers-retours dans le couloir. Joshua ne se les explique pas. Cette femme est agitée. Elle porte un chemisier rose sans manches. La graisse de ses bras ballotte. Pourquoi ne les couvre-t-elle pas ? La chaleur, sans doute. Le jour de leur première entrevue, il y a deux semaines, elle transpirait. Une goutte de sueur perlait sur sa tempe droite. Joshua fixait cette goutte, elle lui donnait soif. À croire que madame Baker l'avait deviné ; de suite, elle lui avait proposé un verre d'eau, ainsi qu'à Catherine et Edgar, ses parents. En silence, chacun sirotait le contenu de son gobelet en carton en attendant que madame Baker partage la procédure. Elle avait dit :

— Vous avez bien fait de nous contacter. Nous sommes l'agence la plus réputée du comté, et, comme vous le savez, nous organisons des défilés une fois par mois, une prestation inédite. Les petites annonces sur Internet portent leurs fruits, mais les résultats sont moins probants. Les parents adoptants ont besoin de réalité. Quoi de plus réel qu'un enfant qui se présente à vous et vous expose ses passions. As-tu des passions, Joshua ?

— Non.

Joshua avait répondu par la négative parce qu'il ne voulait pas discuter avec cette femme faussement affable et parce qu'il n'avait rien de bon à raconter. Est-ce que courir après une balle dans un jardin minuscule était une passion louable pour cette dame ? Est-ce que voler des cookies chez Jon, à l'épicerie, comptait ? Joshua avait tu, aussi, son intérêt pour les mouches. La maison de Catherine et Edgar en était infestée. Catherine pestait dès qu'elle en apercevait une et Edgar les tuait de son poing. Joshua, lui, les capturait. Rien ne l'excitait plus que le son de l'insecte volant qu'il emprisonnait dans un bocal pour le contempler des minutes durant.

— Ce n'est pas bien grave. Nous allons réfléchir à la meilleure façon de te présenter. Il faut que tu suscites le désir, avait conclu madame Baker. Tu as l'air d'être un chouette garçon.

Joshua avait pensé très fort que s'il était un chouette garçon, ses parents adoptifs ne l'abandonneraient pas déjà. Il vivait avec eux depuis neuf mois à peine et il s'y faisait. Certes, Catherine était soupe au lait et Edgar abusait de la boisson, ce qui le rendait souvent amer, mais Joshua les tolérait ; après tout, ils lui offraient un toit. Edgar et Catherine, eux, ne se faisaient pas à Joshua. Le soir, quand le garçon était couché, ils se répétaient combien ils avaient fait le mauvais choix. Comment avaient-ils pu tomber sur un enfant aussi renfrogné, alors qu'ils rêvaient de courir les parcs d'attractions avec lui et d'y dévorer des glaces en riant ? Madame Baker avait raison, il valait certainement mieux assister à des défilés que de choisir sur catalogue comme ils l'avaient fait l'année dernière.

— Tu avanceras sur le tapis et tu trouveras une famille faite pour toi, avait continué madame Baker. Je comprends qu'il n'est pas agréable de changer de parents, mais tu seras bien plus épanoui quand tu vivras avec ceux qui te correspondent. Chaque pot a son couvercle, tu le sais, ça ? Ici, c'est notre directive. Nous sommes d'excellents matchmakers.

Joshua avait opiné, toujours perturbé par l'âpreté de cette dame qui, trop énergique à son goût, tendait des formulaires à Catherine et Edgar en décrétant qu'il défilerait le 12. Ses yeux noirs tiraient sur ces trois adultes en train de décider de son sort. Il en avait conscience ; il était un enfant jetable. On se débarrassait de lui comme d'un vieux chewing-gum.

En sortant du bureau de madame Baker, un sentiment de regret avait effleuré Catherine. Et si Joshua était le fils idéal et qu'elle se leurrait ? Immédiatement, elle s'était raisonnée. Ses doutes étaient ridicules. Cette madame Baker avait encensé le petit parce que c'était son rôle. Elle ne faisait que son travail. Si Catherine avait sollicité cette agence, c'est qu'elle n'en attendait pas moins. On lui reprenait le garçon à bon prix et il disposerait bientôt d'une nouvelle famille.

En attendant le grand moment, cette dernière l'avait entraîné. Accroupie dans le salon, elle le sommait d'avancer jusqu'à elle. Viens, viens, qu'elle disait. L'exercice se terminait quand ses reins heurtaient le buffet. Elle sécurisait d'un doigt son vase en céramique et exigeait que l'on recommence. Edgar, qui passait d'ordinaire son temps à râler, appréciait ces séances d'entraînement. Il observait sa femme et son faux fils, satisfait de penser qu'après tout ce boulot, le gosse trouverait preneurs. Joshua avait joué le jeu, déterminé à séduire des parents plus cool que ces deux ratés. Désormais, il les remerciait presque : il savait défiler, il avait parcouru deux cents fois leur salon et appris à poser son regard au loin. Madame Baker pouvait l'appeler quand elle voulait ; il était prêt.

2.

Tania applique du rouge à lèvres face au miroir de la salle d'eau. Des cotons sales se chevauchent autour du lavabo. Elle s'est maquillée et démaquillée trois fois à la recherche du bon fard à joues.

Son visage et sa bouche colorés, elle trempe ses doigts dans le pot de gel pour ajuster sa fine queue-de-cheval brune, puis clipse ses boucles d'oreilles préférées, de gros boutons verts. Elle s'apprête rarement, mais cet après-midi, elle y tient. Depuis qu'elle approche de la quarantaine, elle se trouve moins jolie qu'avant. Trop ronde, trop dame. Ses talons claquent sur les marches de l'escalier qu'elle descend à la hâte jusqu'à la pièce à vivre.

— On t'entend arriver, lâche Philip.

— Décolle du canapé, on va être en retard !

— Piano, piano.

Philip, assis devant la télévision, s'empare de la télécommande et coupe son programme. Il souffle en se frottant la barbe. Il n'a pas le courage de conduire jusqu'au gymnase pour voir des gamins défiler et choisir celui qui s'immiscera dans son quotidien. Une semaine qu'il répète à Tania que la baraque est trop petite pour accueillir un môme. Tania a réglé le problème. Elle a vidé leur chambre afin que leur futur enfant s'y installe. Eux dormiront dans le salon, sur le canapé convertible.

Elle tape deux fois dans ses mains pour que son mari s'active. Elle aimerait qu'il enfile un autre polo. Il traîne toujours dans le même vêtement bleu et serré duquel son ventre chargé de bières ressort comme une colline entre deux vallons. Tania touche son ventre à elle. Il est vide et bombé d'air, et il le restera. Philip et elle ne peuvent pas concevoir naturellement. Ils l'ont appris il y a six ans après des mois à attendre une grossesse.

Tania était sûre que son tour allait venir. C'était une évidence, elle était faite pour ça. Et puis, un jour, elle a vu des mères au parc. Elles étaient plus nombreuses que d'habitude. Les gens se reproduisaient beaucoup plus vite qu'elle. C'est là qu'elle a compris qu'il y avait peut-être un problème. Elle a ouvert ses jambes devant les docteurs de Saint Helen et même prêté son corps à l'imagerie médicale. On n'a rien vu, rien trouvé. Aucun obstacle à la procréation. Le problème venait de Philip. Ses spermatozoïdes affichaient une morphologie peu claire. Tania a cru rêver ; elle a demandé à les voir, mais on lui a maintenu que c'était impossible. Ils ont eu droit à plusieurs tentatives de fécondation in vitro. C'était long, c'était cher, et ça n'a rien donné. C'est là que

Tania a souhaité adopter. Tant pis pour les traits de Philip qu'elle ne décèlerait pas dans ceux de sa progéniture. Les enfants sont le résultat de l'amour et tout le monde en a, alors pourquoi pas eux ?

Philip n'était pas vraiment d'accord, il n'a jamais aimé les enfants des autres. Aujourd'hui, il a retourné sa veste ; il voit combien sa femme est abattue de ne rien porter, ou seulement des packs d'eau du supermarché, qu'elle décharge toujours courageusement du break. Quand il s'est enfin prononcé en faveur de l'adoption, Tania a comparé les agences implantées près de chez eux. Quelques jours plus tard, elle se pointait à la Baker Agency, sur la route principale, qui reçoit sans rendez-vous les mercredis après-midi. L'agence loue un bureau dans les locaux d'une ancienne banque. À l'extérieur, on peut apercevoir un distributeur de billets hors service et une pancarte sur laquelle il est inscrit : « Rencontrez votre enfant ». À l'intérieur, quelques photos de familles, aux membres blonds et extatiques, sont accrochées aux murs. Tania les détaillait une à une lorsqu'elle causait avec madame Baker. Ces clichés lui en mettaient plein les mirettes ; elle aussi, bientôt, elle serait à la tête d'une famille épanouie et belle à photographier.

Cette agence est une aubaine. Grâce aux services proposés par madame Baker, on adopte un enfant rapidement pour une somme raisonnable. Pas besoin d'être nantis ou d'habiter un manoir, l'important est d'avoir de l'amour à donner et un lieu de vie relativement propre. Madame Baker s'en est assurée en personne.

Elle les a sondés, a visité leur maison, a longuement lorgné la cuisine en projetant des repas en famille, puis elle leur a serré la main : elle les retenait et ils ne le regretteraient pas. Tania se félicite encore de s'être inscrite au défilé du jour.

— Tu te changes, Philip ? L'heure tourne !

— Je suis très bien comme ça. Ce n'est pas l'enfant qui nous choisit, c'est nous qui le choisissons, je te rappelle.

— Mais il faut qu'il nous aime !

— Demande-toi seulement si tu l'aimeras. Un gosse, quand c'est pas le tien, t'as pas les hormones pour t'y attacher.

Tania grimace. Elle attrape son sac, contourne le gros aquarium de l'entrée et sort de la maison. Philip la talonne d'un pas lourd. Il ouvre le break et s'installe à la place du conducteur. L'engin démarre, les graviers crissent. Dans la tête de Tania, un boucan d'enfer lui commande de fermer les yeux. Elle voudrait faire taire les voix qui l'assaillent, jour et nuit. Il y a la voix de la raillerie, qui lui chante qu'elle a tiré le mauvais numéro, quand bien même elle est amoureuse. La voix de la culpabilité, qui lui rappelle son statut de femme sans enfant. La voix de la peur, qui lui dit qu'elle tombera peut-être sur un enfant compliqué ou capricieux, à mille lieues de ses projections. La voix de la solitude, aussi, qui lui répète qu'il est temps d'adopter. Que vont-ils devenir, sinon, avec Philip ? Peut-on vraiment finir sa vie à deux ? L'ennui les guette déjà. Il s'invite parfois à table, fait du bruit en mangeant et se glisse volontiers dans leurs dimanches qui s'éternisent.

Tania déplie le pare-soleil et s'examine dans le miroir. Un instant, elle se demande à quoi elle joue, fardée de la sorte. Philip a raison. Qui va-t-elle séduire, dans sa blouse fleurie ? L'enfant de sa vie ou la vie tout court ? Peut-on réclamer à la vie, une dernière fois, de répartir la chance ? Pourquoi ce sont toujours les mêmes qui gagnent de l'argent, trouvent un emploi, accouchent par le vagin ? Tania est mal née. Elle n'a pas de bol et elle ne sait pas faire grand-chose. Elle a bien travaillé quelques années comme secrétaire au guichet d'une assurance, mais un plan de licenciement l'en a éjectée. Tant mieux, elle préfère s'occuper de la maison. C'est Philip qui fait rentrer l'argent. C'est un robuste, lui. Un charpentier. D'ailleurs, le gamin à venir pourra l'aider à arranger la véranda. Tania aimerait y accrocher des lampions.

— J'espère qu'on craquera pour un enfant de moins de dix ans, dit-elle. Les adolescents, je ne suis pas sûre que ce soit mon truc.

— On prendra ce qu'il y a, ma chérie.

— On refera la véranda ?

— Évidemment, assure Philip en déposant une main sur le genou gauche de sa femme.

Tania pense aux enfants qui peuplent la planète, et puis au sien, qui sera forcément du coin. De ce côté des champs. Elle s'amusera à lui mettre la tête sous son tee-shirt, elle le serrera tout contre elle, contre son corps sec de n'avoir jamais abrité personne ; sa mère faisait souvent ça avec elle quand elle était petite. Elle a hâte. Mais si l'enfant taillé pour elle n'était pas présent cet après-midi ? Il faudra encore patienter. Il faudra éplucher les petites annonces ou bien attendre le mois prochain pour assister à un nouveau défilé. Madame Baker a précisé que les gamins arrivaient par troupeau ; de la nouveauté, il y en a toujours. C'est rassurant. Mais si la nouveauté demeurait creuse de l'enfant providentiel ? Si tous les candidats n'étaient que de sales gosses ? Si des parents les abandonnent ou les rendent, c'est bien qu'ils sont invivables, non ? Madame Baker avait arrêté Tania tout de suite : un enfant invivable pour certains ne l'est pas toujours pour d'autres, au contraire. Une simple affaire de compatibilité, d'où l'extraordinaire système de réadoption permis ici, dans le comté de Saint Helen. Ailleurs, par-delà les plaines, il faut beaucoup d'argent, il y a des papiers, des juges, des délais à rallonge. Depuis peu, Tania l'admet, ils vivent au bon endroit avec Philip. Ils ont tous les deux grandi ici et n'ont jamais flirté avec d'autres décors. Parfois, Tania se surprend à imaginer des forêts, des galets et des ruisseaux qui bruissent. Dans leur contrée, il n'y a rien de tout ça. La nature n'existe pas, la verdure est rare. Il fait terriblement chaud, surtout en cette fin août. L'eau est rationnée. Philip estime que pour cette raison, un grand enfant, c'est mieux. Moins de bains.

— Tu le laveras au gant.

— Bien sûr.

La voiture stoppe au feu rouge. Il dure une éternité. Qui a trafiqué la ville ? Tania se frotte les yeux avant de les poser sur l'autoradio. Il est presque quatorze heures. Elle craint de manquer le début du défilé mais se convainc que ce genre d'événement ne débute jamais à l'heure. Autant d'enfants à canaliser, ça ne doit pas être simple. Elle se met à rire seule, attendrie par les images qui naissent en elle, mélange de joues roses, de cours de récréation, de briques empilées, de familles bienheureuses.

— Tu préfères quoi, toi ? Garçon ou fille ? demande-t-elle à Philip.

— Un garçon, quelle question !

— J'hésite, moi… Fille peut-être.

— Tu veux jouer à la poupée ?

— Non, non, ce n'est pas ça… Tourne à droite, indique Tania.

— Je connais la route pour le gymnase, te fatigue pas.

3.

Debout derrière son pupitre, madame Baker contemple la salle et les premiers spectateurs qui s'installent. L'énergie qui circule lui donne la migraine ; quand elle est heureuse, son esprit grouille. Elle attrape une gomme antalgique dans la poche intérieure de sa veste et la mastique en ajustant la tige de son microphone.

— Un, deux, un, deux, dit-elle la bouche pleine.

L'écho de sa voix la rend fière. Madame Baker ne s'habitue à rien, jamais, et elle s'en réjouit. D'une mine satisfaite, elle continue d'observer les lieux. Tout est en place. Au centre du bâtiment gris loué chaque mois pour l'occasion, l'habituel tapis rouge a été déroulé puis dépoussiéré. Madame Baker songe qu'il est un chemin tout tracé, la seule voie à suivre. Dans quelques minutes, il accueillera les enfants prêts à défiler en direction de leur destin. C'est grandiose. De part et d'autre, les invités gardent le silence ou chuchotent à l'oreille de leur voisin. Les chapeaux sont ôtés, les sacs déposés aux pieds des chaises, les brochures feuilletées et étudiées. On caresse les visages des enfants sur papier glacé avant de les découvrir en chair et en os. Certains ont corné des pages, d'autres ont entouré leurs premières préférences. Une certaine impatience règne. Si madame Baker est capable de la ressentir, c'est d'en être l'auteure : voilà des jours qu'elle prépare l'événement et converse avec ces futurs parents en leur promettant qu'ils trouveront, ici, l'enfant dont ils rêvent depuis longtemps.

Après avoir quitté son estrade et serré quelques mains avec poigne, madame Baker regagne sa place. Elle se racle la gorge, avale un verre d'eau et annonce l'ouverture du douzième défilé de la Baker Agency. Instantanément, les enceintes lâchent un air de musique pop et les lumières s'éteignent. Des spots prennent le relais et éclairent les boules à facettes crochetées au-dessus du tapis rouge. Des centaines de paillettes opèrent un tour de salle avant d'atterrir sur la patronne, désormais cernée d'un halo. Tout ça est si beau, si saisissant, qu'elle en a les larmes aux yeux. Elle ne s'en cache pas. L'émotion fait partie du show, de même que le mouchoir en tissu qu'elle extrait délicatement de sa manche pour tamponner ses joues. La seconde d'après, elle cambre les reins, flanque sa lourde poitrine en avant, et, d'un mouvement de bras résolu, ordonne au régisseur de couper le son et de rallumer la moitié des luminaires.

Un silence s'impose, qui précède le discours rodé de la patronne. En chaussant une paire de lunettes de circonstance, elle souhaite la bienvenue à l'assemblée et embraye sur ses mots préférés. Elle rappelle que la Baker Agency est un modèle de réussite aux scores remarquables et déjà historiques. Quatre ans que des familles naissent ici grâce à un travail acharné. C'est sans dire que les défilés, mis en place l'année dernière, génèrent d'excellents résultats. Tout va plus vite, tout est plus simple ! Aujourd'hui encore, l'offre est supérieure à la demande, impossible de repartir les mains vides ! L'audience se confond en applaudissements. Certaines personnes sifflent, d'autres joignent leurs paumes devant leur buste, prêtes à accueillir un miracle. Madame Baker dépose les siennes sur son cœur, l'une après l'autre, puis hoche solennellement la tête en guise de remerciements.

Sans transition, et parce qu'elle ne veut pas perdre l'émotion qu'elle vient de répandre avec brio, elle somme l'enfant en tête de file d'ouvrir le bal.

— Je vous prie d'applaudir Isaac, crie-t-elle. Notre premier enfant ! Peut-être le vôtre !

La musique reprend. Le jeune concerné obtempère. Sous les commentaires de madame Baker, il progresse sur le tapis au milieu de la cinquantaine de personnes venue rencontrer les candidats du jour. Le garçon a dix ans. Il est gourmand, il aime les bacs à sable, et il voudrait trouver des parents gentils qui n'auraient pas d'autres enfants.

— Il a besoin d'une grande attention ! précise madame Baker.

Les spectateurs poussent des cris d'encouragement. Isaac reste concentré. Il poursuit sa route sous une tempête de perles multicolores sorties tout droit d'un projecteur. Il leur marche dessus, cherche parfois à les enjamber, ne distingue plus la fête de la réalité. Dans la salle, les adultes rient. Ils imaginent un sketch.

La prestation d'Isaac terminée, madame Baker appelle les enfants suivants. Elle les décrit un à un, relate leurs volontés, énumère leurs qualités. Ils sont drôles, amusants, intelligents, obéissants, solaires, débrouillards, sportifs, attachants. Le rythme est soutenu, les réactions vont bon train. On siffle un jeune rouquin que l'on trouve beau, on s'inquiète quand une ado manque trébucher en mimant une révérence, on s'émeut d'une fillette au visage rouge qui trimballe une peluche entre le pouce et l'index.

— Cassie a six ans, elle veut une grande sœur pour jouer à la coiffeuse ! On la comprend ! claironne madame Baker.

La patronne tape dans ses mains pour inciter la petite fille à avancer puis enjoint à l'assemblée d'en faire autant. On s'en donne à cœur joie. La musique monte et résonne dans le gymnase. Des habitants du coin, présents pour assouvir leur curiosité, se tiennent légèrement en retrait, debout derrière les parents. Ils participent à l'ambiance, dansent et chantonnent en chœur. Cassie ! Cassie ! Cassie !

Le défilé démarre à peine et c'est déjà un succès. Madame Baker en est certaine, elle n'a jamais joui d'une telle effervescence. Il faut voir comme les parents sont ébahis. Beaucoup gardent la bouche ouverte. Munis de stylos, ils prennent des notes dans la précipitation, comme s'ils craignaient d'oublier un prénom, un trait de caractère, un détail. Ils écrivent noir sur blanc la promesse d'un futur en attendant de pouvoir discuter avec les enfants. Un peu plus loin, les représentants de deux mécènes de l'agence se délectent du spectacle auquel ils contribuent. Madame Baker se répète que c'est formidable. Son entreprise rayonne sur la ville. Qui, à Saint Helen, ne la connaît pas ? Cette pensée la grise au plus haut point. Elle enchaîne :

— Je vous présente Maryline. Une perle !

Les enceintes lâchent désormais le tube d'un chanteur local. Tania et Philip entrent enfin dans le gymnase, essoufflés. Ils ont mis un temps fou à se garer. Impossible de trouver une place. Philip a fini par stationner la voiture sur le bas-côté de la route. Résultat, ils sont en retard. Tania en était sûre ! Ils auraient dû prendre de l'avance. Aucune chaise n'est disponible. Elle reste debout, son mari à ses côtés, et tripote son sac à main pour tempérer sa déception. Combien d'enfants ont-ils ratés ? Ils ne peuvent pas se le permettre ! Elle ravale sa salive et jette un œil à la ribambelle de parents qui sont ici comme elle. Elle en voit qui dodelinent, d'autres qui frappent dans leurs mains. Elle libère les siennes pour suivre le mouvement, puis, timidement, remue des hanches en attendant la candidate annoncée.

Maryline n'apparaît pas. Dans les coulisses, elle est trop occupée à questionner Joshua, derrière elle dans la file :

— C'est ton premier défilé, toi ? Je t'ai jamais vu.

— Oui.

— Tu vas pas y arriver.

Joshua ne sait quoi répondre. Il préfère l'ignorer.

— Moi, c'est mon troisième défilé, je vais forcément gagner, assure la jeune fille.

— Maryline se fait désirer, dis donc ! s'exclame madame Baker pour faire patienter la foule.

Tania porte un regard heureux à Philip. Au même moment, l'adolescente réagit enfin. Déterminée, elle sursaute et s'élance sur le tapis. Elle secoue ses longs cheveux blonds et raides, cale ses mains sur sa taille et se meut comme une fillette de treize ans qui rejoint en pensées l'océan. Joshua se demande de quelle planète elle vient. N'a-t-elle pas conscience des lieux, de ce gymnase au décor morne, des artifices qui le déguisent en salle de spectacle ? Au sol, des marquages délimitent des terrains de foot et de handball. Dans une autre vie, il serait bien plus exaltant d'y courir et de mettre des buts. Les supporters se lèveraient pour acclamer les meilleurs. Joshua serait le champion. Il a de grandes jambes, il va vite.

— Vous en voulez encore ? Je vous présente maintenant Joshua ! s'écrie madame Baker, ivre d'enthousiasme.

Joshua replace son sweat noir en le tirant sur ses cuisses puis emprunte à son tour le tapis que Maryline déserte à l'instant. Elle lui fait une grimace quand ils se croisent.

— Joshua a neuf ans. Il est très sympathique mais un peu timide, aidez-le ! entend le garçon dans le haut-parleur.

Les poings serrés sur la bordure de son pull à capuche, il s'applique à sourire. Le trajet est long d'une quarantaine de mètres seulement, mais il lui paraît interminable. Une chance que les vivats du public le motivent, même s'ils lui rappellent le supplice des spectacles d'école. L'année dernière, pas le choix, il était un petit pois sur scène, engoncé dans une boule verte de papier crépon. Il s'agissait de raconter la vie des aliments préférés des habitants de Saint Helen, sur une idée de sa maîtresse, madame Gwen. Il avait détesté se prêter au jeu. Catherine et Edgar étaient assis au premier rang. Ils n'avaient que très peu applaudi. Sur le chemin du retour, dans la vieille bagnole de Catherine, personne n'avait bronché. De toute façon, les trois ne causaient jamais beaucoup ensemble. Joshua n'avait rien à raconter. Eux, à l'inverse, parlaient pour ne rien dire, ce qui revenait au même.

Dans ses baskets blanches, Joshua multiplie les pas, de plus en plus à l'aise. Il tourne la tête en direction des personnes qui le saluent, une fois à droite, une fois à gauche, plus ou moins bleues, plus ou moins rouges, selon les lumières qui les survolent. La majorité est assise en duo. Joshua aperçoit également deux femmes seules. Et si sa mère biologique revenait le chercher ? Depuis quelques jours, il y pense. La nuit dernière, il a même fait un drôle de rêve : celle qu'il n'a jamais connue était présente au défilé et faisait un scandale pour le récupérer. Lui, il était en pyjama et ne comprenait pas pourquoi.

Quand Joshua en a fini, il reprend son souffle auprès des enfants qui demeurent en masse derrière madame Baker. La patronne les félicite pour leurs prestations et leur demande de patienter dans les coulisses ou à l'extérieur. Joshua n'a toujours pas le cœur à se mêler à ses camarades. Tous se comparent les uns aux autres et cherchent à savoir qui décrochera le plus de speed dating.

— T'as défilé comme un faible ! lance un garçon à un plus petit que lui.

Joshua rejoint le vestiaire, retrouve son sac à dos et plonge une main à l'intérieur. Il attrape sa casquette et la visse sur son crâne, jusqu'à ce qu'elle s'abatte sur ses yeux. Avec elle, il est sûr de lui, peut-être parce que cette casquette est la seule constante de sa vie ; il la trimballe depuis qu'il a six ans, ça commence à dater. Désormais, elle est un peu serrée, mais il s'en fiche. Il s'assied sur le banc et s'appuie contre le mur. Du sol au plafond, tout est gris. Dans quelques minutes, il rencontrera des parents, peut-être même beaucoup de parents, et il repartira avec les meilleurs. Perdu dans ses pensées, il se fait surprendre par Maryline qui secoue ses bras devant son visage pour capter son attention. Elle sautille.

— Hé, oh ! Tu dors ? demande-t-elle.

— Non.

— J'ai fait mon petit effet.

— T'es prétentieuse.

— N'importe quoi. Tu crois que toi tu vas séduire des parents avec ta tête ? Nous les filles, on est plus souvent choisies.

Satisfaite de sa réplique, Maryline se pince les lèvres et disparaît aussi vite qu'elle est apparue.

4.

— Joshua ? Un couple aimerait faire ta connaissance. Sois serviable, suis-moi, prévient madame Baker.

— C'est qui ?

— Des gens bien. Je n'invite que des gens bien.

Joshua emboîte le pas de madame Baker. Ils arpentent un couloir et retrouvent la grande salle, bien plus calme que tout à l'heure. Le tapis rouge a été ramassé, les rideaux décrochés. Les futurs parents ont brouillé les lignes qu'ils constituaient. Ils sont maintenant éparpillés dans le gymnase. Des chaises vides leur ont été confiées ; les enfants convoqués s'y installeront dix minutes, la durée réglementaire d'un speed dating.

Sur deux chaises côte à côte, un homme et une femme patientent. Ils ont l'air stressé, surtout elle. Elle est bien en chair et manipule ses imposantes boucles d'oreilles. Lui est assis, les jambes écartées, il se tient le dos d'une main et caresse son crâne dégarni de l'autre. Madame Baker désigne le siège vacant à Joshua puis s'éloigne.

— Bonjour Joshua, j'ai trente-huit ans, je m'appelle Tania, et voici mon mari, Philip. Nous sommes là car nous voulons un enfant. Tu es quel genre d'enfant ?

Joshua se creuse les méninges. Quel genre d'enfant est-il ? Il parle des puzzles. Il dit qu'il les adore. Il ne le pense pas vraiment mais lorsqu'il vivait chez Catherine, elle faisait tout pour qu'il s'en éprenne. Elle avait débarrassé la table de la cuisine afin que son fils dispose d'un espace adéquat à la réalisation de ses œuvres. Elle tenait à ce qu'il passe du temps en dehors de sa chambre et développe un certain sens de la conversation. Assembler des pièces, voilà qui le rendrait visible et bavard. On s'extasierait de sa patience et de sa logique. On se féliciterait d'avoir adopté le bon enfant, un enfant doué.

La réponse de Joshua semble satisfaire la dame qui s'exclame qu'elle aime aussi les puzzles. Ensemble, ils pourront relever des défis ; cent pièces, puis cinq cents pièces. Elle ajoute que son mari construira une table pour l'occasion, avec une planche et des tréteaux.

— Nous avons une charmante maison en bas de la ville, dans le quartier du Mail. Tu connais un peu le bas de la ville ? Là où une épicerie fait l'angle ? Ils vendent de délicieux granités. On en achète parfois le soir avec Philip.

— C'est vers le garage auto ? J'y traîne des fois.

— Absolument !

Tania explique ensuite à Joshua que la véranda attenante à la cuisine mérite d'être aménagée. C'est dans les projets. La preuve, Philip et elle en parlaient pas plus tard que tout à l'heure dans la voiture ! Pour l'instant, cet espace est surtout utile à étendre le linge ; deux cordons la traversent.

— Sinon, nous aimons nous reposer sous le porche, devant la maison. Tu pourras y jouer ou bien profiter de la pelouse, même si nous peinons à l'entretenir avec la chaleur.

— D'accord.

— Je ne travaille pas, je passerai du temps avec toi. On ira au supermarché, au Bigg's. Le plus grand à l'ouest. Tu choisiras ce que tu veux. Philip, lui, est employé dans la charpente. Tu vois la bibliothèque du parc central ? Philip a refait sa toiture.

Sans prononcer un mot, Philip traduit les paroles de Tania en plaçant ses mains devant lui pour former un petit chapeau que Joshua imagine être un toit.

— Tu aimes les poissons ? relance Tania.

Elle est excitée, Joshua lui plaît. Elle lui décrit le gros aquarium dont ils ont fait l'acquisition, dans lequel cohabitent des tétras et des barbus pacifiques. Ils appartiennent à Philip et sont magnifiques. Tania s'est attachée à eux.

— Ce ne sont pas des humains, mais tu vois ce que je veux dire ! s'esclaffe-t-elle.

Joshua n'a pas l'air de comprendre, alors Tania préfère lui relater qu'elle a une mère charmante qui leur rend souvent visite, et que Philip, lui, a un frère qui leur prête parfois son chalet pour les vacances. Il se situe à une centaine de kilomètres de Saint Helen. La route pour y accéder est sinueuse mais le déplacement vaut le coup. Il y a des pins, tout là-haut, en plus d'une vue magnifique sur la vallée.

Subitement, Tania jette un œil rapide autour d'elle. Puis elle se penche :

— Je peux te poser une question ?

Joshua songe qu'elle est bizarre ; poser des questions, elle ne fait que ça depuis cinq minutes. Il n'a même pas le temps de répondre à celle-ci que Tania poursuit en chuchotant :

— C'est certainement très indiscret, mais pourquoi as-tu été désadopté ?

— J'ai pas le droit de le dire.

En s'entendant parler, Joshua perçoit une crainte dans le regard de la femme assise en face de lui. Elle doit être en train d'imaginer des choses à son sujet, elle ne voudra jamais l'adopter. Il tente de se rattraper :

— En fait, j'étais chez des gens qui vivaient au fond de l'allée des Pommiers. Ils en avaient marre de moi car je jouais trop aux puzzles.

— C'est étonnant, ça ! Tu entends, Philip ? réagit Tania, soulagée, en tapant sur la cuisse de son mari.

— Et parce que j'aimais bien capturer les mouches dans leur cuisine, mais c'était pour rire, ajoute Joshua en replaçant sa casquette.

— C'est amusant d'attraper des mouches.

— Oui, puisque c'est dur.

Philip écoute sa femme et ne sait pas quoi en penser. Elle le fatigue d'être si exaltée mais il trouve qu'elle se débrouille bien. Elle pose des questions pertinentes au gamin, qui a tout l'air d'un bon gamin. Pas du genre à faire des caprices et à chouiner pour un rien. De toute façon, il le sait, Tania doit avoir un garçon. Une fille, c'est trop sensible, et Tania l'est déjà suffisamment. Elle risquerait d'être constamment inquiète, et puis Philip n'a pas envie que ça parle couettes et dentelles à la maison.

Madame Baker surgit et stoppe la conversation. Le temps de l'entrevue n'est pas tout à fait écoulé mais elle a entendu Joshua évoquer l'allée des Pommiers. Madame Baker a des oreilles dans le dos ; c'est pour cette raison, sans doute, qu'elle gère aussi bien son agence et que tout Saint Helen l'adoube. Combien de fois a-t-elle rabâché aux gosses qu'il valait mieux ne pas évoquer leur passé ? C'est un piège. Les futurs parents ont beau savoir que les enfants qu'ils rencontrent sont de seconde main, il est préférable de ne pas insister. Ils finissent tous par raconter qu'on ne les aimait pas ! Pour pallier ça, elle leur a bien dit d'orienter le dialogue vers leurs passions, ou bien de prétendre que leurs parents *sortants* – comme elle les nomme – sont tombés malades. Madame Baker n'a rien trouvé de plus habile pour justifier un abandon. La maladie, ça fait toujours moins peur que le rejet.

Joshua prend congé de Tania et Philip. Dans moins d'une heure, il saura s'il est choisi. Le couple pourra l'accueillir durant trois semaines avant de prendre la décision de l'adopter.

— Personne d'autre ne veut me parler ? demande Joshua à madame Baker, avant de retourner dans les vestiaires.

— Non, mais tu t'es entretenu avec un couple extraordinaire. Ils ont souhaité te voir tout de suite. Ils vont également échanger avec Maryline. Ne t'inquiète pas, tu as toutes tes chances.

— Elle est prétentieuse.

— Vous êtes très différents et Maryline a cinq rendez-vous.

Joshua est épuisé mais confiant. Cette Tania était contente et n'arrêtait pas de le regarder dans les yeux. Il lui reste à patienter encore un peu, juste un peu. Il a fait le plus dur, il le sait.

5.

Maryline est assise à l'arrière du break. Tania a bouclé sa ceinture de sécurité puis s'est installée à l'avant. Depuis que Philip a démarré la voiture et qu'ils descendent tous les trois Saint Helen, elle montre à la petite tout ce qu'elle peut lui montrer : regarde l'avenue principale ! Regarde le petit square ! Regarde la station essence ! Chaque fois, Maryline répond qu'elle est déjà passée par là.

Tania a craqué pour la fillette. Une adolescente, certes. Mais elle voulait une fille plus que tout. Elle le savait, au fond d'elle, même si le garçon était convaincant. Elle a réussi à se projeter avec ce Joshua, mais pas bien loin. Avec Maryline, c'était différent ! Elle se voyait déjà marcher avec elle dans la rue. Il y a presque un air de famille, ça doit venir du nez légèrement retroussé. Et puis la petite adore cuisiner. Son plat préféré est le hot dog à la mayonnaise. Elle aime les omelettes – tout comme Tania – et elle aspire à devenir chanteuse de comédies musicales. Philip a bien essayé de dissuader son épouse quant à son choix, mais il a vite compris que c'était vain. Après tout, c'est Tania qui s'occupera du gosse. Autant qu'elle l'aime.

Maryline, elle, est aux anges. À mesure que Philip roule dans le quartier du Mail, elle sent la joie monter en elle. Dans ce coin, les maisons ont fière allure. Elles sont toutes précédées d'une allée, elle-même bordée de buissons et de parcelles de gazon. Ici, on arrose sa pelouse ! Serait-elle tombée sur des parents aisés ? Pourra-t-elle prendre des bains ? Elle a hâte de découvrir la baignoire, sa chambre et la véranda dont Tania lui a parlé. À sa défaveur, Philip actionne son clignotant, tourne à droite, puis encore à droite. Le lotissement perd de sa superbe au fil des derniers mètres parcourus. Lorsque la voiture se gare, Maryline fronce ses épais sourcils. Où a-t-elle atterri ? La maison de Philip et de Tania ne ressemble pas à celles qu'elle observait deux minutes plus tôt, elle est moins large, moins haute, mais elle est tout de même assez coquette. La façade est bardée de planches de bois. Jusqu'à hauteur d'homme, elles sont peintes en bleu. Au-dessus, elles sont jaunes.

Un court chemin jonché de cailloux mène au porche. Maryline porte son sac à dos à la main, qui bute contre ses mollets chaque fois qu'elle pose un pied devant l'autre. Elle suit Tania de près, qui lui dépeint le voisinage. Dans la propriété de gauche vit une vieille femme, madame Gonzalez, très sympathique mais un tantinet dépressive depuis que son mari a été écrasé par un tracteur. À droite, la maison appartient aux Miller, ils ont une petite fille de sept ans, Rebecca. Avec Maryline, elles devraient s'entendre, malgré l'écart d'âge. L'adolescente marque son contentement par une sorte de saut de chat puis elle accélère jusqu'à la porte d'entrée. Elle est à trois secondes de pénétrer à l'intérieur de sa nouvelle habitation. Voilà des mois, peut-être plus, qu'elle n'avait pas ressenti autant d'excitation.

— Bienvenue chez toi, Maryline !

Tania ouvre la porte semi-vitrée, qui grince. Maryline découvre la pièce à vivre et réprime une moue déçue. Tout est étriqué. Le canapé marron, habillé de couvertures de la même couleur, est à un mètre de la télé. Une table à manger le jouxte et trois bibliothèques remplies de bibelots achèvent d'étouffer l'espace. Les voilages roses sont tirés. Les meubles, les murs et l'eau des poissons sont recouverts d'un filtre rouge. On se croirait chez des vieux.

En voyant que la jeune fille lorgne l'aquarium et tapote la vitre avec ses ongles, Philip se décide à lui présenter sa colonie de petites bêtes aux nageoires colorées. Contrairement aux apparences, elles sont robustes ; même le plus minuscule des tétras est costaud. Philip a acheté ces poissons il y a un an et il y tient. Il défend Maryline de toucher au bocal. Idem avec la télévision. Elle se moque de ses commandements, elle trouve que la télé est trop petite et les poissons très moches. Elle préfère se diriger vers la cuisine qui lui paraît plus agréable. Une grande fenêtre donne sur le jardin, à l'arrière de la maison.

Les placards sont bleu ciel. Un robot cuisinier trône sur le plan de travail, ainsi que d'innombrables pots de confiture vides. Tania a l'air de passer du temps dans cette pièce. Des livres de recettes sont empilés près d'une cafetière. Maryline les lira.

— Maintenant, suis-moi !

Tania progresse dans le couloir jusqu'à atteindre un petit renfoncement.

— Ici, c'est ta chambre. C'était la nôtre, je l'ai vidée pour toi. À l'étage, nous avons la salle d'eau avec les toilettes et un débarras où nous entassons quelques affaires qui peuvent toujours servir. Tu sais ce que c'est ! Difficile de jeter.

Non, Maryline ne sait pas ce que c'est.

— Tu auras un grand lit, ajoute Tania. À ton âge, c'est mieux !

— Merci.

— Bonne installation, Mary. Je peux t'appeler Mary ?

— Oui, madame Tania.

— Tu peux m'appeler maman ! Bon, il y a la période d'essai, mais de toi à moi, ce n'est qu'une formalité, non ?

Maryline récupère son maigre bagage dans l'entrée, reprend la direction de sa chambre et ferme la porte derrière elle. Elle se jette sur le grand lit, s'étale sur le dos, dépose ses mains sur le ventre et gémit. Elle espérait mieux, la faute aux gigantesques demeures qu'elle a aperçues sur la route et qui l'ont induite en erreur. Mais en réalité, elle le voit, c'est très bien ici. Elle en a écumé, des lieux de vie. Elle en a vu, des éviers crasseux ! Elle peut être fière de sa prestation. Elle est digne d'avoir de nouveaux parents. Elle savait qu'elle plairait davantage que Joshua, même si elle est plus âgée que lui. Elle le lui a redit tout à l'heure, dans les vestiaires, juste avant que madame Baker ne mette fin au suspense qui les dévorait.

La jeune fille se hisse sur ses jambes. Debout sur le matelas, elle rebondit en essayant de toucher le lustre avec le sommet de son crâne. Elle a le sentiment de faire une bêtise. C'est jouissif. Elle s'élance au sol, s'écrase sur la moquette et s'approche d'un buffet dont le plateau a été dégagé. Elle jette un œil au contenu des deux tiroirs. Le premier est rempli de stylos et de papiers. Elle devine qu'il s'agit du dossier d'adoption ; un certificat médical attestant de la bonne santé physique et mentale de Tania et Philip est agrafé à la preuve de casiers judiciaires vierges. Dans le second tiroir, cinq tubes de crème pour les mains sont alignés. Maryline saisit le plus gros, se tartine les paumes puis les renifle. Une odeur de vanille lui fait tourner la tête.

— Mary ? s'écrit Tania à travers la cloison. Que dirais-tu d'aller au supermarché pour acheter des œufs avant la fermeture ? Nous ferons une omelette pour le dîner. Aux herbes ?

Maryline se précipite hors de sa chambre et acquiesce : elle adore les supermarchés. On y trouve des produits en tout genre, des gâteaux sucrés et d'énormes yaourts. Ses précédents parents refusaient de l'y conduire. Ils affirmaient que les supermarchés n'étaient que des lieux de tentation.

— Je te laisserai choisir un dessert, annonce Tania. Allons-y ! Philip, à tout à l'heure !

Philip ne réagit guère, bienheureux d'avoir retrouvé sa télévision et son émission favorite ; des inconnus surenchérissent sur des garde-meubles abandonnés par leur propriétaire sans en connaître le contenu. On finit par les ouvrir et découvrir ce qui s'y niche, afin d'estimer leur valeur. Un jour, Philip participera.

Dans la voiture, Tania réfléchit à la conversation qu'elle peut engager avec Maryline. Cet après-midi, lors de l'entretien, elle ne l'a pas questionnée sur son passé, comme elle l'a fait avec Joshua. Quand le garçon a mentionné ses anciens parents, elle était embarrassée. Ce n'était qu'un détail mais elle n'a pas aimé l'entendre. Elle sait que les enfants n'en sont pas à leur première famille, seulement, elle préfère l'ignorer. Imaginer sa fille vierge de parents lui est plus confortable. Elle veut être sa maman, pas une mère parmi d'autres, pas une de plus qui prend la suite. Elle n'a pas le temps de s'enliser dans ses atermoiements que Maryline la relance :

— J'adore votre maison mais tu ne m'as pas montré la véranda.

— Quelle imbécile je fais ! Je me rattrape quand on rentre. On la décorera ensemble. Maintenant que tu es là, c'est encore plus essentiel à mes yeux.

— Vous êtes mariés avec Philip ?

— Depuis onze ans !

— T'as jamais eu d'autres enfants que moi ?

— Non.

— Pourquoi ?

Tania se réfugie dans un silence. Subitement, elle se sent mal à l'aise face à cette enfant qui vient d'entrer dans sa vie et l'assaille de questions intimes. Ce matin, elle n'était la mère de personne ! À vrai dire, elle ne l'est toujours pas ; elle le sera peut-être mi-septembre si les premiers jours passés avec Maryline s'avèrent concluants. Il faudra apposer une signature sur un papier. Mais pour l'heure, elle ne parvient pas à cerner son rôle, ni son futur : comment et quand va-t-elle aimer cette fille ? L'entreprise lui paraît bien plus complexe que dans ses projections. Elle pense à l'enfant qu'elle n'a pas eu et qu'elle n'aura jamais. Elle a l'impression de le trahir, de le remplacer par une inconnue sans-gêne. Que fait cette adolescente dans sa voiture ? Des années qu'elle espère, des années qu'elle se bat, et voilà qu'elle a le sentiment que tout va trop vite. Elle doit se raisonner. Elle vient à peine de l'adopter ! Que Maryline lui paraisse une étrangère est bien normal. Elles doivent s'apprivoiser l'une l'autre. Elles tisseront ce lien ensemble, Tania ne doit pas s'en faire. Et puis, la petite a le droit d'être curieuse. Qu'elle veuille connaître sa mère, ça n'a rien d'étonnant. C'est même flatteur ! Peut-être a-t-elle besoin de se sentir unique dans sa vie, elle aussi ? Pas une enfant parmi d'autres. C'est plutôt de bon augure.

Tania largue ses pensées en franchissant la barrière du parking puis stationne le break près de l'entrée du supermarché. Maryline quémande un jeton pour le caddie. Elle veut le piloter. Elle s'en donne à cœur joie dans les allées, touche à tout et remplit le chariot. Tania n'a pas le temps d'exprimer un avis. Elle découvre des produits qu'elle n'a jamais vus, comme des boissons pétillantes à la cerise. Maryline lui explique qu'elles piquent la langue puis tire la sienne pour manifester son excitation. Elle en attrape quatre grosses bouteilles. Tania est déroutée, tout cela devient déraisonnable ! Elle et Philip ne sont pas pauvres mais ils ne roulent pas sur l'or, et l'adoption leur a valu quelques économies tout de même. Que croit cette adolescente ?

— Je fais l'omelette ce soir ! crie Maryline à la caisse.

— Je t'aiderai, nous cuisinerons ensemble.

— Je sais me débrouiller ! insiste la jeune fille.

De retour dans le break, Tania démarre et se fait la réflexion que Maryline est installée à l'avant. Comme à l'aller, certes. Mais Tania n'avait pas relevé. Désormais, elle se dit que Maryline est quand même très grande. Ses jambes longues et fines s'étendent face à elle et ses genoux carrés flirtent avec la boîte à gants. Tania a tellement rêvé d'un siège auto, d'un bébé qui pleure à l'arrière, que l'on apaise en chantonnant et à qui on sourit à chaque feu rouge en se contorsionnant. Elle se retrouve avec une grande fille en pleine croissance.

Maryline ne remarque pas combien Tania l'observe en conduisant. Elle est occupée à faire onduler ses cheveux blonds entre ses doigts. Ils sentent encore la vanille. Le coffre est plein. Elle a envie de pleurer. Depuis combien de temps n'avait-elle pas passé un moment simple et doux avec quelqu'un de gentil ? Un moment libre, en dehors de tout foyer, loin de tous ces pères bourrus et sévères, loin de toutes ces mères méfiantes. C'est la première fois qu'elle a une maman comme Tania. La chance est de son côté. Elle ne la laissera pas s'échapper.

6.

Depuis qu'il a appris hier que Tania et Philip ne souhaitaient pas l'adopter, Joshua a les dents si serrées qu'il ne peut émettre le moindre son. La rage est venue tout de suite. Dans la navette qui l'a conduit au foyer, un certain Benjamin a fait la route à ses côtés. Il s'est assis sur le siège voisin sans lui demander l'autorisation et a tenté d'engager la conversation. Il lui a d'abord dit qu'il adorait les palmiers sur sa casquette, puis, à voix basse, lui a raconté qu'il avait un plan pour s'échapper du centre. Il lui a proposé de rallier sa bande. Le nombre fait la force, a-t-il argué. Joshua l'écoutait à moitié. Il n'en était pas du tout à partir, il ne savait même pas à quoi s'attendre. Tourné vers la fenêtre, il se repassait le film du défilé, l'espoir en ligne de mire et le verdict en fin de parcours. Il était énervé. Il avait envie de faire taire Benjamin et même de le claquer.

Après avoir traversé l'avenue principale, la navette a freiné devant le foyer, situé en bas de la ville, à l'exact opposé du gymnase. Avant de descendre, Joshua a scruté le long bâtiment de plain-pied en briques rouges et au toit plat, devant lequel flottait une série de drapeaux bleus estampillés « Foyer de la Baker Agency », puis il a suivi madame Baker et la horde d'enfants. En file, ils ont longé un bout de parking et piétiné un chemin bétonné circonscrit entre deux parterres de fleurs à moitié fanées. Madame Baker les a stoppés pour présenter les lieux aux nouveaux. Un foyer neuf ouvert il y a deux ans. Elle a vanté la situation et la luminosité de cette école désaffectée. Des enfants l'ont huée, qu'elle a ignorés. Ils ne se rendent pas compte de tout ce qu'elle fait pour eux. Elle a ouvert une agence pour qu'ils ne soient plus vendus par les parents eux-mêmes, parfois prêts à les larguer au premier venu sur Internet ! Ce foyer est leur chance : les enfants peuvent y vivre en attendant une nouvelle famille. N'est-ce pas mieux que de patienter chez celle qui les rejette ?

Quand elle en a eu terminé avec son laïus, Joshua a découvert un vaste hall d'entrée aux murs immaculés. Les enfants déjà pensionnaires ont couru dans tous les sens ; ils savaient où aller. Joshua est resté planté près du radiateur, avec trois autres enfants qui, comme lui, ne connaissaient rien de la vie ici. Madame Baker leur a proposé une visite express du réfectoire, de la salle de jeux, de l'infirmerie et du préfabriqué des salles de classe, puis les a conduits au dortoir où ils passeraient une première nuit avant qu'elle ne leur attribue des chambres officielles.

Joshua a déposé son sac sur son matelas et s'en est servi d'oreiller. Deux filles l'ont imité. Ils ne se sont pas parlé, même pas dévisagés. Joshua n'en avait pas envie. Elles avaient l'air cruche. En silence, tous les quatre ont attendu que madame Baker les appelle pour les photographier et créer leurs profils sur le site Internet de l'agence.

Joshua a été contraint de poser devant l'objectif de la patronne. Ils étaient dans son bureau. Sur une desserte, dans un grand verre, une aspirine crépitait. Madame Baker a exhorté Joshua à ôter sa casquette et à sourire. Il en allait de son avenir.

— Fais un effort. Des parents pourraient te repérer en ligne. Sinon, ne t'en fais pas, le prochain défilé n'est que dans un mois. Qu'est-ce que c'est, un mois ?

Joshua a essayé de montrer ses dents mais il a été surpris par une boule d'angoisse dans sa poitrine qui le mitraillait de crampes. Il s'est concentré comme il a pu. Puis Magdalena, l'infirmière de l'établissement, est venue le trouver. Elle était là pour l'escorter à la douche. Il l'a suivie sans la voir jusqu'à la salle d'eau collective en retenant des larmes. Elle lui a ébouriffé les cheveux en marchant. Il s'est senti impuissant, trimballé ; ses baskets couinaient dans le couloir. Le bruit faisait rire Magdalena, qui disait *couic*, *couic* en avançant. Joshua a pris sa serviette-éponge et écouté les consignes quant au fonctionnement de la robinetterie. Une fois sous l'eau, à l'abri des regards, le barrage a cédé. Ses sanglots se sont mêlés à la pluie calcairisée qui coulait sur ses joues. Il a pensé à sa vraie mère et l'a détestée de l'avoir abandonné, puis il l'a aimée à nouveau pour lui donner l'envie de revenir, où qu'elle soit. Il a attrapé le morceau de savon qui traînait par terre pour se laver. Chez Edgar et Catherine, c'était différent, il y avait du gel moussant.

Joshua est resté longtemps dans la douche. Il ne voulait pas sortir et afficher son chagrin. Il a pris le temps de se calmer en pensant qu'il pourrait peut-être avoir des amis ici. De retour dans sa chambre provisoire, il s'est assis sur son lit. Il aurait aimé qu'on le peigne et qu'on lui raconte une histoire qui se déroule en dehors de Saint Helen. Il n'a jamais quitté le comté. Il est né ici, dans une maternité qui a fermé ses portes depuis. À quoi ressemble le monde, au-dehors ? De l'autre côté des champs ? Là où le soleil se couche ? Les épiceries sont-elles les mêmes ? À la télévision, il a vu des images dont il ne se remet pas ; des tours, des centres commerciaux, des publicités géantes, des avions. Surtout les avions. S'il le pouvait, il les attraperait au vol et les piégerait comme il piégeait les mouches chez ses anciens parents. Il les libérerait à une seule condition : qu'on lui trouve une place à bord.

Le soir, il a dîné au foyer avec Benjamin et d'autres enfants qui n'avaient pas eu de parents non plus. Il a découvert le self. Il fallait faire la queue avec un plateau pas bien large. Lukas, le patron des cuisines, lui a montré où étaient rangés les couverts et les sauces. Joshua s'est servi des crudités et des nuggets de poulet, qu'il a mangés avec les doigts. Benjamin n'arrêtait pas de lécher les siens et de répéter qu'on était bien nourri au foyer. Il disait : « C'est pour ça que madame Baker est grosse. » Ça faisait rire des filles qui n'osaient plus croquer dans leurs panures. Elles riaient fort mais elles aussi avaient la gorge nouée. Du moins, c'est ce que Joshua supposait. Lui-même, chaque fois qu'il s'esclaffait, se sentait sur la sellette ; l'éclat de trop pouvait à tout moment rouvrir les vannes.

Il a mal dormi. Des bruits qu'il ne connaissait pas le surprenaient dès qu'il fermait les yeux, alors il songeait à Maryline, qui était partie avec Tania et Philip. Il était tellement énervé qu'il tirait la langue dans le vide, en réponse à son comportement prétentieux dans les vestiaires du défilé. À l'aube, Magdalena a ouvert les rideaux en chantonnant qu'il était l'heure de se lever. Les enfants ont disposé de quinze minutes pour s'habiller et avaler un verre de lait tiède. Après ça, l'infirmière leur a demandé de patienter devant le bureau de madame Baker pour la distribution des chambres. Elle n'allait pas tarder.

Joshua a été le premier appelé. D'un pas nonchalant, il suit désormais la patronne dans les couloirs.

— Tu seras chambre 11, avec Lopin. Il a treize ans, déballe-t-elle en marchant.

Joshua ne répond pas, il n'en est pas capable. Madame Baker voit bien que le môme est triste. Elle sait que la plupart des gamins refoulés le sont terriblement après les défilés. Ils déploient une énergie considérable à capter l'attention des parents. Quand l'issue est négative, la déception n'en est que plus crue. C'est compliqué. Généralement, lors d'un défilé d'une trentaine d'enfants, la moitié reste sur le carreau. Souvent les plus vieux. Les parents sont moins nombreux que les enfants, et bien rares sont ceux qui en adoptent deux pour le prix d'un. Mais combien seraient-ils à souffrir si les défilés n'existaient pas et que seules les petites annonces faisaient le job ? Madame Baker en est certaine : ces défilés, c'est l'idée du siècle. Un an que ça cartonne. Elle qui vient de l'autre côté des champs sait combien les gens aiment essayer un vêtement avant de l'adopter. Ils ont besoin d'appréhender leurs achats ! Qui se paierait un canapé sans tâter le produit ? Commander sur Internet, c'est dépassé, les déconvenues sont trop fréquentes. C'est un peu trivial, mais il en va de même pour les enfants. Permettre aux parents de les rencontrer, de les voir et de les entendre, c'est le meilleur moyen de garantir leur adoption. C'est sur ce genre de pensées que l'on bâtit un business comme le sien, mais surtout que l'on sauve des vies ; certes, Joshua est dépité, mais combien d'autres se sont trouvés bénis, hier soir, autour d'une tablée ?

Le souci, c'est que ce Joshua est un garçon fermé. Madame Baker a l'habitude. Les enfants qu'elle encadre sont malheureux, et le malheur force le repli sur soi. Les cas comme Maryline, enjoués à l'extrême, relèvent de l'exception. De toute façon, si Maryline est ainsi, c'est bien parce qu'elle est cabossée, elle aussi ; en fin de compte, chacun compose comme il peut avec ses casseroles. Il faudrait néanmoins que Joshua fasse un effort. Madame Baker comprend la timidité, la gêne, la lassitude, la colère, le poids des rejets. Elle comprend beaucoup de choses. Mais Joshua dégage un petit air médisant, par-dessus ça. Il regarde les adultes de travers. Il est important qu'elle lui apprenne à faire le dos rond. Pour le moment, madame Baker s'en accommode – elle en a vu d'autres – et elle sait pertinemment que Joshua la remerciera quand il quittera ces murs.

— Nous y sommes. Ton lit est en haut. Je te laisse prendre possession des lieux. Ce soir, un jeu de loto est organisé dans le réfectoire. Tu aimes ça ?

Madame Baker ne s'attend à aucune réponse et rebrousse déjà chemin. Enfin débarrassé de la patronne, Joshua se sent mieux. Il observe la pièce qui s'ouvre devant lui. Une minuscule fenêtre surplombe un lavabo. Le mur de gauche est habillé d'étagères, sur lesquelles sont déposés des livres, ainsi qu'une collection de vans et de bus miniatures. À droite, le lit superposé s'étale sur la longueur. Les draps sont beiges. Joshua grimpe à l'échelle, s'assied sur le matelas et cherche une occupation. Un mois, c'est long, contrairement à ce que prétend madame Baker. Elle n'a aucune notion du temps, puisqu'elle vit quelque part.

Il essaie d'imaginer la mer comme il le fait parfois en empruntant les images de madame Ozan. Elle ne l'a jamais emmené voir les vagues, mais elle aimait décrire le ressac jusqu'à lever le doigt en l'air et demander à Joshua si, à la vigueur de ses mots, il percevait l'air iodé. Madame Ozan a été sa première mère. Elle l'a adopté quand il avait trois ans, puis rendu à ses sept. On lui avait raconté, quelques heures après l'avoir récupéré à son domicile, qu'elle était tombée malade. Elle n'avait plus la force ni les moyens de s'occuper de lui. Il se souvient peu de la vie chez elle ; ils mangeaient des aliments en boîte, ils se rendaient souvent au parc et elle lui coupait les cheveux en suivant la bordure d'un bol qu'elle déposait sur sa tête. C'est elle qui lui a offert sa casquette. C'était un après-midi, alors qu'ils se promenaient dans un centre commercial de Saint Helen qui n'existe plus aujourd'hui. Parfois, Joshua ressent une certaine nostalgie en repensant à ces années-là, peut-être davantage par réconfort que véritable souvenir. Parce qu'il en a besoin, il a pris l'habitude de former et déformer les images de son passé comme de la pâte à modeler jusqu'à en obtenir une version presque parfaite. Ainsi, dans sa mémoire, le salon de madame Ozan est plus grand, plus lumineux et toujours bien ordonné. Les casseroles accrochées au-dessus de l'évier brillent de mille feux, comme l'arrosoir en métal endormi près du paillasson. Joshua a même déposé un soleil par la fenêtre et ajouté plusieurs couplets à la berceuse que sa mère lui chantait le soir. Quand il se la repasse, le temps s'étire, la nuit reste loin, il n'est jamais l'heure d'éteindre la lumière. Par-dessus tout, dans le refuge de sa tête, madame Ozan n'est pas tombée malade. Elle est partie se reposer dans une maison au bord de la mer.

Un bruit sec le sort tout à coup de sa torpeur. Il rouvre les yeux : la chambre ici est austère. À quelque chose près, il regretterait presque son séjour chez Edgar et Catherine. Au moins, allée des Pommiers, il n'était pas contraint de faire son lit dès le réveil, il pouvait regarder la télé et, parfois, des voisins leur rendaient visite pour discuter. On ne s'adressait pas beaucoup à lui et on l'observait du coin de l'œil – on savait que le gosse tapait des gâteaux chez Jon. Mais Joshua supportait bien le manque d'amour ; jamais il n'en avait vraiment reçu. Il aurait dû faire plus de puzzles et ratisser le jardin quand Edgar l'exigeait. Il n'en serait pas là, à ruminer dans un foyer pourri.

— Salut, dit un garçon qui entre dans la chambre et lève la tête vers Joshua.

— Salut.

— Je m'appelle Lopin, je vis là. T'as pas eu de parents non plus ?

— Non.

Depuis sa hauteur, Joshua étudie Lopin. Il ne se rappelle pas l'avoir vu au défilé mais il l'a aperçu hier soir au réfectoire. Il aime bien sa dégaine, sa touffe de cheveux châtains et son bracelet de perles en bois au poignet.

— Pas grave. C'est bien le foyer, tu verras. Moi, ça ne me dérange pas. En fait, comme je suis diabétique, les parents ne veulent jamais de moi.

Lopin explique à Joshua qu'il connaît ses vrais parents. Ils boivent trop d'alcool, c'est pour ça qu'ils ne peuvent pas le garder. Un jour, il a failli mourir à cause de sa maladie. Ses vieux étaient tellement saouls qu'ils n'ont pas su intervenir. Sa mère répétait que ça allait passer, tout en dansant ivre au milieu du salon. Son père l'engueulait. Il disait que c'étaient des conneries, qu'il fallait arrêter de faire la fiotte. Lopin s'en souvient. Son père postillonnait de colère. Lui, il transpirait beaucoup. Il avait des vertiges et très envie de vomir. Il avait dû supplier sa mère d'appeler un médecin. Le médecin était venu puis avait dénoncé la situation aux services sociaux. Depuis, Lopin vit au centre de la Baker Agency. Il était là dès son ouverture. Il a été adopté deux fois déjà, une fois pendant deux mois, une fois pendant trois mois. Il préfère le foyer. Au moins, ici, la vie est invariable. Certes, les enfants vont et viennent, mais les adultes, eux, sont toujours les mêmes. Magdalena est douce, et madame Baker est plutôt gentille, même si elle joue les bonnes femmes.

— On l'appelle la grosse Baker.

— Je sais, ça lui va bien. C'est à toi, les bus ?

— Ouais. Tu peux les toucher si tu veux.

— Tu sais conduire ?

— Ouais, j'ai appris.

Joshua descend de son lit, épie le visage de Lopin d'un peu plus près maintenant, puis pose ses doigts sur un Combi orange et marron, qu'il fait rouler sur quelques centimètres.

— Tu connais les plans pour s'échapper ? demande le garçon, qui a repris du poil de la bête.

— Peut-être. Tu vas au loto ce soir ?

— Je sais pas, t'y vas toi ?

— Si t'as jamais joué, je peux t'apprendre à tricher.

— D'accord alors.

7.

Maryline est à l'étage. À peine s'est-elle extraite de son lit qu'elle a foncé à la douche. L'eau coule depuis dix minutes. Philip et Tania, eux, se sont levés il y a une heure. Ils sont attablés dans la cuisine.

— Quand est-ce que ta petite libère la salle d'eau ? J'ai besoin d'aller aux toilettes. Vous m'avez retourné le ventre avec votre omelette, grogne Philip.

— Je suis désolée, elle voulait faire sa recette, elle a mis beaucoup de lait.

Tania ne sait même pas pourquoi elle s'excuse. Elle n'a pas digéré non plus et a passé une mauvaise nuit. Ses intestins produisaient des bruits étranges. Tout ce chahut ressemblait à de la provocation. Son ventre lui rappelait avec ironie qu'il était gorgé d'œufs mais vide d'enfant. Elle n'a trouvé le sommeil que vers trois heures. Elle pensait à Maryline qui dormait juste à côté. Elle n'était pas à l'aise. Ce matin, la lumière qui filtre à travers les voilages lui fait voir les choses plus nettement. La petite la dérange, elle a des manières. Tania n'a pas fait attention lors de l'entretien, au défilé. Elle n'a pas vu que Maryline se pinçait souvent les lèvres, clignait des yeux à outrance et multipliait les chiquenaudes quand elle était contente. Le mouvement de ses doigts est horripilant.

Entre deux gorgées de café, Tania hésite à confier ses tracas à Philip. Elle craint qu'il s'emporte et lui assène qu'il avait raison ; il fallait prendre le garçon. De toute façon, ce n'est pas le moment de parler de ça. Elle doit finir sa compote de pommes car sa mère vient pour le déjeuner. Elle s'est empressée de l'inviter. Elle souhaitait lui présenter sa fille. Désormais, elle a des doutes. Ce genre de repas en famille est très engageant. Faut-il annuler ? Elle sait très bien qu'elle n'osera pas et s'en veut presque de l'envisager. Elle ne se comprend pas elle-même. Elle rêvait de ces moments. Elle a tout fait pour les vivre et voilà qu'elle est déjà lasse et tendue ! Elle remue le contenu de sa casserole avec énergie.

— Qu'est-ce que t'as ? demande Philip, qui feuillette en même temps un catalogue publicitaire.

Il faut absolument qu'elle se calme. Elle adore le dimanche. Elle ne peut pas gâcher son jour préféré à cause de ruminations. Elle se répète que l'amour va venir. La pression va retomber et tout ira bien. Elle a réussi à le penser hier en rentrant du Bigg's, elle peut bien le penser encore aujourd'hui. Ce qu'elle ressent ne doit pas l'inquiéter plus que ça. Madame Baker a prévu de lui rendre visite mardi, dans quarante-huit heures. Elle passe toujours une tête chez les parents quelques jours après l'adoption afin de prendre la température. C'est bien que les premières heures apportent leur lot de perplexité, non ? À moins que la patronne ne vienne vérifier qu'elle s'occupe bien de la petite ? Ah ça, oui, elle s'en occupe ! Hier soir, elle a même accepté de lui lire une histoire avant le coucher. C'était gênant. Que lire à une enfant si grande ? Elle a sorti un livre de contes pour les moins de six ans, acheté dans une librairie le mois dernier, de l'autre côté des champs. Elle était tellement fière de tendre un billet en expliquant qu'elle allait être mère. Le libraire lui avait alors recommandé un album avec des coussinets à malaxer. Elle avait bredouillé que son enfant serait sans doute un peu grand. Sa gorge s'était immédiatement nouée en s'imaginant faire la lecture à un gros nourrisson avec une tête d'adulte. Un film d'horreur. Elle n'avait pas osé affronter le regarder perplexe du vendeur. Il fallait qu'elle s'en aille. Elle avait attrapé et payé le premier livre venu, puis elle avait pleuré dans sa voiture avant de reprendre la route. Il faisait noir dans son esprit. C'est là que son front s'est écrasé sur le volant du break et qu'elle a klaxonné sans faire exprès sur le parking du centre commercial.

Maryline a rejeté le livre de contes, prétextant qu'il était nul. Elle a réclamé le récit de son premier baiser avec Philip, alors Tania a pris sur elle pour lui raconter quelques vieux souvenirs. Philip et elle vivaient dans la même rue lorsqu'ils étaient adolescents. Il faisait de la mobylette devant chez elle pour l'impressionner. C'est comme ça qu'elle a craqué pour ce beau brun. Ils se sont embrassés à l'âge de vingt ans, après quatre années de flirt, puis se sont mariés l'année de leurs vingt-sept ans. Une incroyable journée ensoleillée dans un parc. Ils n'avaient convié que leurs proches. Maryline a adoré cette histoire. Elle en tripotait sa couette. Tania, elle, était émue de revisiter sa jeunesse. Enfin, elles étaient connectées ! Mais Maryline a voulu savoir si Philip était plus séduisant avant. Elle a tout gâché.

— Je suis fraîche, fraîche, fraîche ! fredonne-t-elle en débarquant dans la cuisine.

Philip fonce aux toilettes. Maryline l'ignore et s'adresse à Tania :

— Tu fais déjà à manger ?

— Une compote, oui. Ma maman vient ce midi.

— On peut faire des asperges ?

— Une autre fois, pourquoi pas.

— Est-ce que t'aimes bien ma robe ?

Maryline porte une robe violette longue et large. Tania la complimente mais elle n'est pas emballée par cette tenue. On dirait une nappe.

— On fait quoi après le déjeuner, maman ?

— Je pensais te montrer le toit de la bibliothèque que Philip a retapé. On ira à pied. C'est important de marcher.

— Je préfère le bus.

Si elle préfère le bus, grand bien lui fasse. Que répondre à ça ? Tania n'insiste pas. De toute façon, c'est inutile, Maryline s'éclipse déjà. Elle veut jouer dehors. Elle espère croiser la petite Rebecca, la fille des Miller. Depuis que Tania lui en a dit du bien, Maryline est obsédée, elle veut se faire une amie. Philip l'a encouragée. Il a tenté un brin d'humour : il a dit qu'il était plus simple d'être amie avec Rebecca qu'avec la vieille Gonzalez. Il ne peut pas l'encadrer, tout ça parce qu'elle peste dès qu'il passe la tondeuse. Trop de vacarme pour elle. Tania, elle, supporte bien madame Gonzalez. Dans tous les cas, son histoire est si tragique que Tania n'oserait pas penser du mal de cette femme. Elle est désespérément seule depuis des années et ses enfants ne viennent jamais lui rendre visite, alors Tania excuse ses humeurs. Parfois, elles discutent ensemble dans la rue. Rien de très intéressant, mais ce n'est pas déplaisant. Ici, dans le quartier du Mail, tout le monde s'entend bien, même si on ne s'invite pas à dîner. Ce n'est pas dans les mœurs. Chacun mène sa vie ; les confidences sont rares, presque mal vues. On est là pour se raconter de jolies choses, commenter la météo, se dépanner si besoin. Tania aimerait avoir des amis, plus que des fréquentations. Ses copines d'enfance ont quitté Saint Helen. À part le frère de Philip, qu'ils croisent de temps en temps avec sa femme et leurs enfants, ils sont peu entourés. Il faut dire, en plus, que Tania ne leur court pas après ; elle n'apprécie pas tellement sa belle-sœur. Au début de l'été, sinon, ils ont bien invité des collègues de Philip à manger des grillades. Mais Tania n'a jamais été à l'aise avec leurs épouses, certainement parce que le sujet de la maternité revient trop souvent sur la table. Elles évoquent leurs grossesses plurielles et les exploits de leurs progénitures à l'école. Elles se plaignent d'être épuisées mais précisent toujours qu'il s'agit d'une bonne fatigue, peut-être par crainte d'attirer le mauvais œil. Tania fait mine de les comprendre, rit quand elles rient, soupire quand elles soupirent. En réalité, elle ne sait jamais par quel bout attraper les conversations, ni comment justifier l'absence d'enfant quand les regards se tournent enfin vers elle. Sauf qu'on la dévisage comme s'il lui manquait quelque chose, un membre, un bout, une histoire. Parfois, Tania sent qu'on épie ses rondeurs, l'air de se demander à quoi sert tout cet espace. Pourquoi les femmes rondes ressemblent-elles davantage à des mères ? Tout ça sera nettement moins difficile à supporter maintenant qu'elle a Maryline.

Noyée dans ses réflexions, elle rejoint le porche et observe l'adolescente qui fait la roue sur la pelouse et enchaîne les prouesses. Sa robe violette dévoile ses cuisses chaque fois que ses jambes poilues visent le ciel. Lorsqu'elle a la tête en bas, elle pousse un cri pour se donner la force de revenir à la verticale, puis elle recommence. Tania songe qu'elle aurait pu mettre un pantalon. Que vont penser les voisins ? En plus, la petite Rebecca est là, assise en tailleur à l'endroit même de la clôture invisible qui sépare leurs maisons. Elle frappe timidement dans ses mains pour attirer l'attention de Maryline, qui, flattée, poursuit son show avant de l'inviter à jouer avec elle. La fillette accourt, excitée à l'idée de faire de la gymnastique. Maryline lui explique comment s'y prendre. Il faut lever les bras, se jeter sur l'herbe les deux mains à plat, tendre les pointes de pieds jusqu'aux nuages, puis revenir bien droite comme un gratte-ciel. La petite se lance. Elle navigue comme une boule et retombe comme une boule. Maryline est choquée. Elle flanque sa main devant la bouche. Ce n'est pas si compliqué ! Elle demande à Rebecca d'essayer encore. Quand celle-ci est à la renverse, Maryline lui saisit les mollets pour la redresser, puis la lâche subitement en lui ordonnant de maintenir l'équilibre. La chute est un désastre. La petite fille rigole. Pas Maryline, qui préfère passer à autre chose et s'enquiert des métiers de ses parents. Ils sont ingénieurs et gagnent beaucoup d'argent. Rebecca raconte ensuite qu'elle est née ici, sa mère a accouché dans leur salon. Maryline aime bien ses histoires. Elle lui propose alors de danser et d'inventer une chorégraphie à montrer à leurs parents riches tout à l'heure. C'est facile. Il suffit de remuer le bassin. Elle lui fait une démonstration. Ses hanches se balancent. La petite voisine demeure plantée au sol, fascinée par le spectacle. Tania, elle, ne l'est pas du tout. Elle quitte sa position. C'en est trop pour elle. Il y a trois minutes, elle s'imaginait à un barbecue avec Maryline et voilà qu'elle se sent piteuse. Superposer ses songes à la réalité la plonge dans un malaise sans nom. Elle regagne l'intérieur de sa maison. Sa maison la protège.

8.

Dans la tête de madame Baker, les idées pullulent chaque fois qu'elle sort marcher équipée de sa paire de baskets. Un soir, alors qu'elle se baladait dans son lotissement à Port Blue, elle a aperçu, à l'intérieur d'une maison, une famille attablée autour de livres ouverts. Elle a pensé qu'elle devait offrir une scolarité aux enfants, au foyer. Celui-ci fêtait à peine ses trois mois. Les enfants partaient chaque matin à l'école et revenaient à n'importe quelle heure. La logistique était d'un compliqué ! C'est sans dire, aussi, que les enfants abandonnés se marient très mal à ceux qui ne le sont pas, dans les cours de récréation. Elle en a ramassé plusieurs en pleurs, sous prétexte qu'aucun parent ne les attendait à la sortie avec un goûter. Elle a débauché trois excellents professeurs et fait fabriquer des cahiers aux étiquettes « Baker Agency ». Couverture turquoise et petits carreaux.

Elle tend trois exemplaires à Joshua – un pour les mathématiques, un pour les langues, un pour la culture générale –, et lui précise que la classe se déroule chaque matin. L'après-midi, c'est quartier libre. L'occasion de se faire des amis, de découvrir des jeux de société ou de ranger sa chambre. Quant à se promener à Saint Helen, c'est interdit, mais Lukas et Magdalena proposent parfois aux enfants de les suivre s'ils ont une course à faire. Joshua écoute attentivement les consignes, remercie poliment la patronne, dépose ses affaires sur son lit puis retrouve Lopin dans la cour, qui discute avec Benjamin. En se dirigeant vers eux, il soulève sa casquette pour la remettre à l'envers. Les deux garçons se tiennent debout, appuyés contre les grilles. Ils se marrent quand Joshua leur pose des questions sur les sorties avec Lukas et Magdalena.

— C'est dans tes rêves, ils refusent tout le temps, ils n'aiment pas qu'on les colle, dit Benjamin.

— Ils ont peur qu'on s'échappe, renchérit Lopin.

Joshua trouve que Lopin et Benjamin sont grands, à moins qu'il ne soit trop petit pour traîner avec eux. En tout cas, il a de la chance d'être tombé dans la chambre de Lopin, qui est gentil avec lui. Ils ont participé à la soirée loto et ils ont bien rigolé. Des filles n'arrêtaient pas de geindre parce qu'elles perdaient. En même temps, les garçons ne leur ont pas laissé la chance de gagner. Lopin a appris à Joshua à duper son monde. Ce n'était pas difficile. Chaque fois que madame Baker, qui tenait à animer la soirée en personne, piochait une boule dans le cageot et annonçait le chiffre tiré, les garçons assuraient l'avoir noté dans leurs pronostics. Personne ne vérifiait quoi que ce soit. Madame Baker, avant de distribuer des fiches cartonnées, avait indiqué que le jeu était basé sur la bonne foi, une valeur au sein de l'établissement.

Cependant, dans le cas où des paires d'yeux s'aventureraient à les contrôler, Lopin a expliqué à Joshua comment tracer le chiffre sept sur sa feuille pour que celui-ci ressemble au chiffre un. Idem avec le neuf et le trois ; un trois à la tête très rabougrie sème le doute. Chacune des victoires a rasséréné Joshua. Il n'avait pas menti depuis longtemps. Ces derniers élans en la matière remontent à deux ans. Il vivait sans le savoir ses derniers mois chez madame Ozan et entrait en classe supérieure. Il racontait à ses nouveaux camarades que ses parents étaient morts quelques mois après sa naissance. Ils avaient eu un accident avec leur grosse voiture. Leur disparition avait affecté toutes les âmes du comté. On les aimait pour leurs soirées légendaires, organisées avec soin, chez eux. On y servait des petits fours, et des litres de boissons alcoolisées enivraient les conversations ; toutes étaient plus intéressantes les unes que les autres. Joshua adorait la vie qu'il s'était inventée pour ne pas paraître le gosse à part. S'il habitait chez madame Ozan, c'est parce que ses parents étaient au ciel, rien d'autre. Les gamins croyants fermaient les yeux en l'écoutant. Joshua s'endormait facilement le soir, bercé par le destin qu'il s'était choisi. Madame

Ozan avait fini par avoir écho des balivernes de son fils. Un jour, elle lui avait dit :

— Il ne faut pas faire croire que tes parents biologiques sont morts, parce que c'est triste, tu comprends ?

Honteux, Joshua n'avait pas cherché à se défendre. Elle avait ajouté :

— Et parce que c'est peut-être vrai.

Ces mots avaient lacéré le ventre de Joshua, et, parce qu'il avait mal à l'intérieur, il avait pleuré. Jamais il ne s'était remis de cet échange. Il était l'un des plus courts de son existence mais de loin le plus cruel. Ses parents étaient peut-être morts et il n'y avait jamais pensé. À son âge, de toute façon, il lui était impossible de se représenter la mort. La vie, elle, était bien plus facile à concevoir : elle était partout. Chaque jour, des adultes couraient sur des trottoirs, se racontaient des banalités au supermarché, figuraient à la télévision. Les gens vivants étaient si nombreux que les morts devaient l'être nettement moins.

Joshua s'était promis, après ça, de ne plus jamais mentir. Mais ce qui l'avait le plus perturbé, c'était d'avoir vu sa mère adoptive pleurer à son tour. Des larmes se dispersaient parmi les ridules qui tapissaient ses pommettes. Les lèvres chevrotantes, elle avait susurré :

— Et puis… c'est moi, ta mère.

Ce jour-là, Joshua avait compris que madame Ozan disait vrai. Après tout, il s'appelait Joshua Ozan. Ce nom de substitution lui offrait des origines lointaines. Sa mère lui disait souvent que ses aïeux étaient nés de l'autre côté de l'hémisphère, et, toujours, elle précisait que cette partie-là du monde était magnifique. Des montagnes, des rivières, des ponts invraisemblables ! Joshua ne savait pas de quoi elle parlait. Il n'avait aucune idée de l'immensité de la Terre et des paysages qu'elle abritait. Un jour, à l'école, un professeur avait même certifié qu'elle était plate, tout en tapant sur un globe en plastique pour faire semblant de l'écraser. Madame Ozan avait trouvé ça ridicule et grave ; Joshua, lui, n'avait pas su quoi en penser. Petite ou grande, ronde ou carrée, de cette Terre qui faisait causer les adultes, il ne connaissait qu'un seul décor.

— Vous êtes déjà allés de l'autre côté des champs ? demande Joshua à ses copains.

— Moi oui, avec mes premiers parents, ceux qui m'avaient inscrit à la flûte et m'ont viré à cause du grand frère débile, répond Benjamin.

— C'est quoi l'histoire ? questionne Joshua.

Parce qu'il la connaît déjà, Lopin rit avant l'heure. Benjamin, lui, n'a pas le cœur à la partager. Il promet à Joshua qu'il la lui racontera plus tard.

— En tout cas, de l'autre côté des champs, il se passe plus de trucs qu'ici. Ici, c'est mort, dit Lopin.

— Joshua ? coupe madame Baker qui se présente dans la cour. Tu as de la visite. C'est Catherine. Tu as le droit de refuser.

Joshua écarquille ses grands yeux noirs, décolle de son support et dépoussière son pantalon au niveau des fesses. Il ne se demande pas ce que lui veut Catherine. Il a bien son idée. Elle vient réclamer les billets qu'il a volés en partant. Elle fait tout le temps des drames pour rien.

— J'arrive.

Lopin et Benjamin se marrent lorsque madame Baker opère un demi-tour ; son derrière rebondit. Joshua la suit de près. Il contient le rire que lui inspirent ses camarades, puis se retourne pour leur jeter un regard complice. Ils ne relèvent pas, déjà occupés à autre chose.

— Essuie tes pieds, demande madame Baker.

Devant l'entrée du réfectoire, la patronne pose une main entre les omoplates de Joshua puis le pousse en direction de la table où patiente Catherine, jambes croisées, doigts entremêlés, regard hagard. Il freine en arrivant à sa hauteur.

— Bonjour, articule-t-elle.

Le visage de Catherine au foyer fait un drôle d'effet à Joshua. Il n'est même pas sûr que ce soit elle. Il ne l'a pas vue depuis trois jours mais trois jours ici lui paraissent une éternité. Il observe ses boucles blondes et son nez plat. Elle en attrape l'arête avec l'index et le majeur puis ferme les yeux une seconde.

— Tu ne me dis pas bonjour ? reprend-elle.

Joshua la trouve moche. Cependant, quand il vivait avec elle, il lui arrivait de la trouver jolie, parce qu'il pensait que sa mère biologique lui ressemblait peut-être et parce que ça lui faisait du bien d'empiler les cubes de sa vie, d'imaginer une mère unique, de ne plus être ballotté. Parfois, il épiait Catherine depuis la dernière marche de l'escalier, le soir, en cachette. Elle buvait une tisane sur le canapé et il travestissait la scène : et s'il était dans sa vraie famille ? Mais quand Catherine levait les yeux de sa tasse et que son profil devenait plus net, Joshua réalisait que Catherine n'était pas très belle. Elle était même si blafarde qu'elle semblait transparente. Un jour, il s'était demandé si elle existait vraiment.

— Je suis navrée de te savoir au foyer. J'étais certaine que tu retrouverais des parents tout de suite. La meilleure agence, soi-disant ! Quelque chose m'échappe !

— Pas grave, dit Joshua, qui réagit enfin.

Il s'assied en face d'elle parce qu'elle a l'air sincère, mais il se fiche de ses excuses. S'il est dégoûté, ce n'est pas de ne plus habiter chez elle, c'est de n'habiter chez personne.

— Tu fais quoi, au foyer ? Il y a un programme ?

Joshua réfléchit en soufflant puis ouvre la bouche sans prendre la peine de construire une phrase :

— Loto, sport.

— Ah ! Quel sport ?

— Demain on va courir au stade.

— Le stade du gymnase ? Vous allez grimper la rue de l'Enfer par ces chaleurs ? Ça, c'est du sport !

— Le stade du foyer.

— Ah oui, je suis sotte.

— C'est bon ?

La conversation s'arrête ici. Catherine retrouve le Joshua qu'elle a connu et les raisons pour lesquelles elle l'a quitté : il parle peu, il n'est pas intéressant, il ne provoque rien de joyeux en elle. Mais le cœur de Catherine est anormalement lourd d'avoir osé appeler la Baker Agency après neuf mois de vie commune. Dans le comté de Saint Helen, et dans d'autres comtés plus éloignés, abandonner un enfant est une pratique courante que personne ne questionne. Chacun cherche le bon, et c'est plutôt bien vu. Mais Catherine ne parvient pas à se défaire de sa culpabilité depuis qu'elle a déposé Joshua devant le gymnase, l'autre jour. Quand elle a repris la route jusque chez elle, elle l'a visualisé sur le tapis rouge, à faire le beau pour amadouer des adultes. Elle a trouvé ça terrible. Les images qui lui venaient étaient dérangeantes. Celle du sweat à capuche en train de défiler était la plus dure à encaisser. Catherine s'est sentie mauvaise mère, elle qui ne s'était jamais sentie mère à ses côtés. Elle n'en a pas touché mot à Edgar, pas plus qu'elle ne lui a confessé rendre visite au garçon ce matin. Elle ne sait pas bien ce qu'elle est venue chercher ici, mais elle avait besoin de le voir. Elle le remercie pour ce bref échange et lui souhaite une bonne journée. Elle reviendra prendre de ses nouvelles. Elle le lui promet.

9.

Le déjeuner à quatre s'est convenablement déroulé jusqu'au dessert. Ensuite, tout est devenu pesant. Maryline a joué les divas avec Beatriz, la mère de Tania, dans le seul but de la séduire. Les sourires de la vieille dame n'étaient que dépit. Tania la connaît ! Quand Maryline a poussé la chansonnette pour prouver qu'elle chantait juste, Beatriz a roulé des yeux puis regardé sa fille d'un air outré. Tania a cru mourir de honte. Qu'avait avalé Maryline ? C'était pire que tout. L'adolescente voulait tellement plaire qu'elle n'arrêtait pas de replacer ses cheveux derrière ses oreilles. Ils sont si longs qu'ils traînaient dans sa compote. Tania n'osait pas les dégager de là, ni même lui signaler que ce n'était pas très propre. Elle craignait de l'exciter davantage.

Philip, lui, faisait abstraction du spectacle. Il n'y était pas du tout. Il causait de ses travaux à l'entreprise, du prochain toit à retaper près des champs, un chantier d'envergure. Ça ne l'empêchait pas de se plaindre de son dos. Dormir dans le salon n'arrangeait rien ! Il souffrait ! Cela exaspérait tout autant la mère de Tania. Elle n'a jamais apprécié son gendre, un geignard né. Mais grâce à lui, sa fille vit décemment. Elle n'aurait pas mieux fait, elle l'admet.

Beatriz ne s'est pas éternisée, elle avait des courses à faire. Depuis le départ de sa grand-mère, Maryline feuillette des livres de recettes sur le fauteuil du porche. Tania, elle, profite du silence debout dans la cuisine, une tasse de thé à la main. Philip est parti acheter un sécateur à lame franche pour rafraîchir le rosier. Son matériel est dépassé, il voulait se faire un petit plaisir. Il a bien raison. Mais Tania l'a prévenu : interdiction de retaper la véranda, du moins pas tout de suite. Il faut que Maryline se calme sinon elle va jouer les directrices de travaux. Elle ne cesse de dire qu'elle veut y installer un miroir pour se maquiller à la lumière naturelle.

Tania hésite à appeler sa mère pour requérir son avis, mais elle sait très bien ce qu'elle va entendre. Cette dernière risque d'invalider son choix, comme elle l'a toujours fait. Pas les bons vêtements, pas le bon mari, pas le bon travail, pas la bonne maison. Rien ne va jamais. Tout n'est que reproches. Pendant des années, Tania a multiplié les efforts pour répondre aux attentes de sa mère. En vain. Avoir un enfant, voilà qui devrait enfin la satisfaire, mais il faut admettre que l'enfant n'est pas à la hauteur. Tania devine déjà sa déception. Elle la comprendrait. Alors à quoi bon l'appeler ? Elle n'a pas besoin d'elle pour se rendre compte que Maryline ne lui convient pas. Depuis qu'elle a terminé de débarrasser la table, elle ne peut nier qu'elle songe de plus en plus à la rendre. C'est plus fort qu'elle. Sa présence l'indispose. Pourquoi la garder alors qu'elle peut la retourner ? Certes, Tania pourrait s'accorder un temps de réflexion supplémentaire et remettre sa décision à plus tard, mais il est plus simple d'agir en période d'essai. Elle a hâte d'être à mardi pour partager ses doutes avec madame Baker. Plus tôt elle rendra Maryline, mieux Maryline s'en remettra, non ?

À trop ressasser, elle a mal au crâne. Il faut qu'elle quitte son mental et s'occupe du linge. Dans sa chambre qui n'est plus la sienne, elle attrape du bout des doigts deux culottes blanches de Maryline qui traînent par terre, ainsi que l'affreux morceau de tissu violet qui lui sert de robe. Elle se surprend à renifler le tout. D'abord de loin, puis d'un peu plus près, tout doucement. Ses narines s'écartent au-dessus des vêtements. Son visage se penche et son cou se plie, jusqu'à ce qu'elle tressaute, jette un œil autour d'elle, ne voie que le silence, seul espion à l'instant. L'odeur qu'elle vient de respirer l'écœure. Est-ce celle du foyer ou de la progéniture d'une autre ? Tania pense à son impossible enfant à elle, son parfum de coton. Elle secoue vivement la tête pour remettre ses sens au point mort.

Devant la machine à laver, elle réfléchit au programme de l'après-midi. Que pourrait-elle faire avec Maryline de pas trop désagréable ?

— Maman ? interpelle l'adolescente qui débarque et plaque une main sur l'avant-bras de Tania. On joue à l'école, je fais ta prof !

— Tu veux te préparer pour la rentrée de la semaine prochaine ?

Maryline opine et s'empare du calepin qui gît près du téléphone, ainsi que d'un stylo, et confie le matériel à sa mère.

— Écris ton prénom.

Tania n'a pas le cœur à batailler. Elle s'exécute sous le regard impatient de Maryline.

— Il faut faire de plus belles lettres ! Maintenant, écris « asperges », puis « ail » et « huile ». Est-ce qu'on a encore des œufs ?

— Six.

— Surprise ! C'est pour faire des asperges qu'on trempe dans l'aïoli. On va au Bigg's ?

— Non, non. On a ce qu'il faut pour ce soir et demain.

— On peut aller voir la toiture de la bibliothèque, alors ?

— Si tu veux.

— Comme ça, on achètera les ingrédients à l'épicerie du parc central ! rétorque Maryline en se précipitant vers le portemanteau.

Tania est offusquée. La gamine vient de la piéger. Tout coûte trois fois plus cher en ville ! L'adolescente est déjà en train d'enfiler ses sandales beiges.

— Je suis prête, annonce-t-elle en attrapant un panier dans le placard de l'entrée.

Elle le glisse à son épaule, ouvre la porte d'entrée et se faufile à l'extérieur. Sur le perron, le nez pointé vers le soleil pour parfaire sa mine dorée, elle attend sa mère en faisant de grands signes à sa copine Rebecca qui, vêtue d'une salopette en jean blanc, saute énergiquement à la corde sur sa pelouse de riches.

10.

Madame Baker vient tout juste de se présenter sous le porche de la maison de Tania et Philip. Elle dépose sa mallette sur le fauteuil. Tania est soulagée de la voir ici. La soirée asperges était une catastrophe. Elle a encore le goût de l'ail dans la bouche.

— Des camélias ? demande madame Baker à Tania en désignant du menton un pot de fleurs.

— Absolument !

— Alors, comment se passent ces premiers jours avec Maryline ?

Madame Baker s'attend à tout. Les parents *entrants* sont en proie à de multiples émotions au départ. Certains s'emballent, d'autres se triturent l'esprit et se demandent s'ils n'ont pas commis une erreur. Depuis qu'elle exerce ce métier, madame Baker a tout entendu et sait que les premiers ressentis ne sont pas déterminants.

Maryline est dans sa chambre. Tania ne voudrait pas qu'elle saisisse des bribes de leur conversation. Elle invite madame Baker à la suivre jusqu'au banc en bois ébréché, sur le côté de la maison. Le passage est étroit. Les deux femmes s'installent. Madame Baker ne s'appuie pas contre le mur à cause de la colonie de lézards qui s'y promène. Elle rapproche ses fesses au bord du siège. Tania, elle, croise les jambes et pose délicatement ses doigts dodus sur ses cuisses. Son attitude précède la précaution dont elle veut témoigner. Il n'est pas question de se laisser aller à des critiques faciles concernant l'enfant qu'elle héberge.

Elle commence par confier à madame Baker que la petite est vraiment très gentille et pleine de vie, puis, en baissant le ton, ajoute qu'elle est très enthousiaste quand même. Les voisins aussi l'ont remarqué. Madame Gonzalez soulève plus souvent son rideau qu'à l'accoutumée, et le père Miller, lui, a toujours l'air étonné quand il voit la gosse se trémousser dans le jardin.

— Il ferait la même tête s'il était au cirque, vous voyez ?

À peine achève-t-elle sa phrase qu'elle s'excuse pour ce qu'elle vient de dire et tente de se justifier : elle est un peu fatiguée en ce moment et il n'est pas simple de devenir la mère d'un enfant qu'on n'a pas senti pousser dans son ventre, ni allaité. Elle s'était pourtant préparée à tout ça, à ne pas chanter de comptines, à ne pas recevoir de compliments pour le beau bébé, à ne pas raconter son accouchement, le premier peau à peau, le plus beau jour de sa vie. Elle avait compris que l'adoption la projetterait dans une forme de maternité partielle.

— Je vous l'avais dit, Maryline est vive, oui. C'est une grande qualité, commente madame Baker.

— Elle suce les asperges !

— Elle suce les asperges ?

— Mais oui !

— C'est-à-dire, Tania ?

— Elle suce les asperges à table ! Je sais, c'est insensé.

— Bon, ce n'est rien, ça, Tania. Il faut du temps pour se lier à un enfant. Si j'ai validé votre jumelage, c'est parce que votre compatibilité me saute aux yeux.

— Vous en êtes sûre ?

— Oui, Tania. L'amour n'a rien d'évident. Même quand on met bas ses propres enfants, on ne les aime pas toujours tout de suite.

La patronne s'enquiert maintenant de l'avis de Philip qui est au travail. Tania explique que son mari est d'accord avec elle. Elle n'ose pas avouer qu'ils n'en ont pas vraiment discuté et qu'il demeure en retrait. La boss de la Baker Agency propose à Tania de poursuivre la période d'essai, véritable opportunité de rapprochement et de découvertes positives, puis d'attendre la rentrée scolaire, qui est imminente. Lundi prochain, Maryline entrera dans un nouveau collège et la famille trouvera son rythme.

— Oui, j'y ai pensé. Nous aurons une vie normale.

— Et puis, vous savez, il est fort probable que Maryline se modèle ces prochains jours. Qui ne serait pas excité d'avoir des parents comme vous ? Son énergie est peut-être démesurée pour l'instant. Mettez-vous à sa place. Essayez d'inverser les rôles. C'est un exercice qui aide beaucoup de parents, surtout les primo-adoptants. Les autres, ils sont habitués.

Tania prend une grande inspiration puis expire lentement. Elle est rassurée. Ce que madame Baker lui dit la réconforte énormément. Cette femme comprend tout. La patronne demande maintenant à entrer dans la maison. Tania se lève d'un bond.

— Avec plaisir, suivez-moi.

Madame Baker examine les pièces du rez-de-chaussée, affirme que ce logis est toujours aussi chaleureux, puis frappe à la porte de l'antre de Maryline. La petite est ravie de la voir. D'emblée, elle s'écrie qu'elle adore être chez Tania et Philip. Tania, plantée deux mètres derrière, est émue. Il est vrai que cette enfant est exaltée mais elle épouse certainement une définition du bonheur jamais frôlée jusqu'ici. Bientôt, elle s'apaisera. Madame Baker a raison. En attendant, Tania va prendre sur elle, relâcher la pression. Elle doit absolument quitter ses rêveries et ses images d'une famille idéale pour faire un pas vers Maryline. À trop avoir espéré un enfant pendant des années, elle n'entre pas en contact avec la réalité qui s'offre à elle. Elle doit revenir à ce que la vie lui tend présentement de fabuleux : la possibilité d'être mère. Ne doit-elle pas remercier madame Baker de dissoudre l'infertilité de son mari et de lui servir, avec la plus grande attention, un cadeau si grandiose ? Une petite fille !

Ce soir, Tania priera. Elle croit en sa bonne étoile. C'est un secret. Elle a en sa possession un santon de la Vierge Marie qui ne l'a jamais quittée. Il lui a été légué par la mère de sa mère, qui, lorsqu'elle était enfant, aimait lui dire que cette statuette était celle du miracle. Elle lui indiquerait toujours la marche à suivre, panserait ses blessures et élèverait son âme. Tania l'a sollicitée de nombreuses fois, lorsque aucune grossesse ne s'amorçait. À force de génuflexions et de larmes devant une Marie auréolée, vêtue d'une tunique au bleu perçant, Tania reprenait espoir. Jusqu'aux examens, jusqu'aux échecs en laboratoire. Tout était foutu. Pour seule amie, elle n'avait plus que la résignation, jusqu'à cette publicité de la Baker Agency, déployée sur un grand panneau, immanquable lorsque l'on quitte la ville en direction des champs. Le ciel avait donc entendu Tania. Sur sa route, il avait semé les signes de la maternité. Une maternité différente, et alors ? Le miracle avait eu lieu, il lui apportait Maryline. Alors oui, ce soir, elle priera. Elle exprimera toute sa gratitude à Marie et elle lui demandera un dernier coup de main : l'amour.

11.

— Tu fais quoi ? demande Joshua.

— Une piqûre sur mon doigt pour surveiller mon diabète.

— Moi, j'ai plein de piqûres de moustique, regarde.

Lopin étudie le bras de Joshua et fait mine de compter ses boutons.

— Six ! Demande à Magdalena de te mettre une crème, dit Lopin.

— Elle t'en met, à toi ?

— Des fois.

Lopin répond en nouant ses lacets. Joshua l'imite. Ils se préparent pour deux heures d'activité sportive. Quatre jours sont passés depuis la soirée du loto. Ils sont allés en classe avec Benjamin et ont étudié le schéma du corps humain. La professeure Isabel est tellement nerveuse qu'elle les fait rire. Ce matin, elle se débattait avec un squelette pour nommer les os. Elle avait les pommettes et le menton pleins de petits points rouges, comme d'habitude. Lopin a raconté à

Joshua qu'Isabel ressemblait beaucoup à Cassie, la fillette à la peluche qui ne suit pas souvent la classe à cause de ses migraines et de ses plaques sur le visage. La rumeur dit qu'Isabel est sa vraie maman cachée.

— Imagine, c'est un peu comme si madame Baker était ta mère ! s'est marré Lopin.

— Horrible !

La présence de Lopin fait du bien à Joshua. Avec lui, il s'amuse. Son copain sait tout faire : gratter du rab auprès de Lukas au réfectoire ou voler des bonbons au distributeur en donnant des coups de genou dedans. Chaque fois qu'un paquet tombe, Joshua repense à ses virées chez Jon. Il aimait tant entrer dans l'épicerie, tourner dans le rayon le plus éloigné de la caisse et attraper des cookies dans les caissons de sucreries. Jon le voyait faire mais n'intervenait jamais. Joshua avait le sentiment de le dominer. Il l'aura dominé tout du long.

Habillés de tee-shirts bleus à l'effigie du foyer, les deux garçons marchent jusqu'au stade en traînant des pieds. Ici, aucun enfant ne lève les pattes. Ça a le don d'irriter madame Baker. Les gamins doivent apprendre la dignité, l'ardeur. La tristesse est un facteur ramollissant, tant pour le corps que pour l'esprit. Or, les parents candidats aiment les enfants dynamiques, pas les loques. Les cours de sport les réveillent. Madame Baker les gère en personne. Elle prend un fin plaisir à regarder les enfants courir autour du stade. Enfin de l'énergie, de la sueur !

Elle passe son sifflet autour du cou et souffle une fois, deux fois, trois fois, le tout en rentrant son ventre pour concentrer un maximum d'air. Ces trois alertes successives annoncent le rassemblement : les enfants se rangent autour d'elle, en demi-cercle. Ils sont vingt, dont cinq nouveaux, et encore, tous ne participent pas à la session du jour. Madame Baker le sait, l'année prochaine, le chiffre risque de doubler : l'agence rencontre un énorme succès tandis que nombre d'agences concurrentes fournissent du sale boulot. Les jumelages ne sont pas étudiés. Résultat, on abandonne des gosses à tire-larigot. Madame Baker récupère les pots cassés et les pots cassés prennent de la place. Elle va agrandir les lieux, commander des lits, embaucher des professeurs et du personnel. Elle trouvera un nouveau mécène et augmentera ses tarifs.

— Première consigne, vous me faites deux tours de stade en trottinant pour vous échauffer. Ensuite, on travaillera votre endurance. En ligne.

Joshua s'exécute. Lopin est à ses côtés, fidèle. Un coup de sifflet retentit. Ils s'élancent. Ils ne se parlent pas, focalisés sur leur respiration. Joshua en a déjà marre. Il aime le sport mais le sport avec une balle. Madame Ozan en avait une, petite et rouge, en caoutchouc. Ils l'avaient achetée ensemble à la quincaillerie, un jour d'arrivage. C'était rigolo quand, au parc, madame Ozan s'asseyait dessus et défiait Joshua de la récupérer. Il aurait bien aimé la garder.

Il fait très chaud. Le terrain sur lequel les enfants s'activent est en plein soleil. Ici, aucune végétation n'a la grâce de produire de l'ombre ; les herbes hautes ne mesurent pas plus d'un mètre et sont trop éloignées de la piste. Pas un arbre à l'horizon. Une odeur de sécheresse se fait sentir. Elle est familière à Joshua. Il a grandi avec elle.

— On a presque fini, constate Lopin.

— J'en peux plus.

L'échauffement terminé, madame Baker exige qu'ils courent dix minutes sans pause. En cas de point de côté, on lève les bras et on ouvre le diaphragme. La patronne leur montre la posture à adopter. Elle sautille et déploie son buste. Le gras de ses bras remue tandis qu'elle donne le top.

En courant, Joshua songe à la visite de Catherine. Elle n'est pas encore revenue, malgré ce qu'elle a annoncé. Joshua pensait être indifférent à cette promesse parce que Catherine l'a gonflé. Mais elle l'a comme abandonné une seconde fois. À moins qu'elle revienne la semaine prochaine ? Joshua se demande si elle va le réadopter. Il paraît que c'est déjà arrivé à des enfants. C'est Benjamin qui disait ça l'autre jour, il connaît plein d'histoires. Alors on ne sait jamais. Edgar et Catherine étaient chiants, mais il n'empêche que Joshua préférerait errer chez eux à l'heure actuelle. S'il n'était pas malheureux au foyer, il les oublierait. Il n'y penserait pas. Il ne serait pas triste en se rappelant sa chambre. Heureusement que Lopin est là. Mais quand bien même, ça ne fait pas tout. Joshua ne sait plus où il vaut mieux souffrir dans cette vie. Autour de ce stade lugubre, dont la seule vue est un champ et un bâtiment gris, ou chez des gens rustres, qui lui reprochaient d'être qui il est ? Il en a assez de se poser autant de questions. Madame Ozan lui disait souvent qu'il était trop jeune pour ça. Est-il grand, maintenant ? Bientôt dix ans, est-ce beaucoup ? Combien de temps dure une vie, après tout ? Est-ce que quelqu'un fête les anniversaires, au foyer ?

— Tu crois que si on n'a jamais de parents, on ne grandira jamais ? demande Joshua, essoufflé, à Lopin.

— T'inquiète, t'auras des parents toi, c'est sûr.

Cette réponse rassérène Joshua qui accélère sa foulée. Il franchit la ligne d'arrivée en deuxième position. Madame Baker approuve son exploit. Cet enfant manifeste une belle énergie quand il veut.

Une fois les autres gamins de retour, la patronne déroule la marche à suivre pour le fractionné.

— Je siffle, vous courez à bon rythme. Je siffle, vous ralentissez. Je siffle à nouveau, vous repartez. Et ainsi de suite. Qui n'a pas compris ?

— Moi.

Tous les regards se dirigent sur la petite fille qui vient de parler.

— Je vais courir avec toi, tu comprendras, rétorque madame Baker.

— Tu vois, c'est elle Cassie, chuchote Lopin à Joshua.

Madame Baker s'approche de la fillette et siffle fort. La petite sursaute. Tout le monde part en courant, sauf elle. Madame Baker fait alors de grands gestes pour indiquer aux enfants de revenir se placer sur la ligne. « Faux départ ! Faux départ ! » grondet-elle. Mais Cassie détourne le regard et fait quelques pas sur le côté. Elle ne veut pas se plier à l'exercice. Elle serre les poings contre ses cuisses et lâche un hurlement. Tous les enfants la fixent. Elle hurle tellement que les herbes en tremblent. Madame Baker est désemparée. La fillette est rouge jusqu'aux oreilles. Une veine s'inscrit sur son front et ses jugulaires se raidissent. Elle se met maintenant à crier des mots. Elle crie qu'elle veut des parents. Elle répète qu'elle veut des parents, encore et encore. Joshua a mal au ventre. Cette fille lui défait le cœur et ravive sa collection de peurs ; que vont-ils devenir, tous, qui courent bêtement pour satisfaire l'autorité d'une femme qui ne vivra jamais le quart de ce qu'ils endurent ? Joshua pousse un cri de soutien, en apparence. Un cri de douleur, pour ses entrailles. Les autres enfants l'imitent. Lopin part dans un fou rire. Benjamin vocifère que le foyer pue. Madame Baker s'époumone dans son jouet. Ses joues se gonflent.

— Vous allez exploser, madame ! se fend Benjamin.

Madame Baker ne dit rien. Son sifflet toujours dans le bec, elle considère Cassie qui demeure clouée sur place, désormais silencieuse, presque assommée. Elle se dirige doucement vers elle. En la voyant s'approcher, la petite pousse un nouveau cri. La patronne ouvre la bouche pour la conjurer de se taire. Son sifflet tombe entre ses seins et la fillette s'enfuit à toutes jambes en plein milieu du stade.

12.

Voilà une semaine que Maryline a pris ses quartiers chez Tania et Philip. Elle y dort très bien. Elle est nourrie à sa faim. Elle s'occupe d'un enfant imaginaire qu'elle vient d'adopter. Elle le promène devant la maison et étale de la crème pour les mains sur son corps invisible.

Le soir, dans son lit, elle parcourt une revue automobile qui appartient à Philip. Elle fait des classements de ses modèles préférés et imagine que ses nouveaux parents, les plus cossus qu'elle n'a jamais eus, remplaceront bientôt le break par un SUV. Parfois, elle relit leurs certificats médicaux. L'écriture du médecin est délicate. Elle s'exerce à la reproduire quand elle n'a rien à faire.

Tania, elle, implose. Elle n'a même plus le cœur à se coiffer. Elle devait se rendre au salon de Béthanie cet après-midi pour se payer une nouvelle couleur de cheveux, mais elle a annulé. Après la visite de madame Baker, elle a prié plusieurs soirs de suite. Elle a attendu que Philip s'endorme puis s'est faufilée hors du canapé-lit dès qu'il émettait ses premiers ronflements. Elle s'est rendue dans la véranda à pas de loup, munie de sa Vierge Marie emballée dans un sac plastique. Elle pensait que ce rituel l'emplirait d'une énergie divine et d'une bonté à toute épreuve. Mais, chaque matin, Maryline l'a encore plus tendue que la veille. Le miracle est démissionnaire ! Maryline ne change pas d'un iota ! Elle est de pire en pire. Elle a une haute image d'elle-même et fait sa loi. Dans la cuisine, elle joue les cheffes ! Dans la voiture, elle joue les copilotes ! Dans la véranda, elle joue les architectes alors que le projet a été ajourné ! Quelle pimbêche.

Le pompon a eu lieu hier soir, après que Tania l'a emmenée au supermarché pour acheter des fournitures scolaires. À leur retour, Maryline était si excitée par sa rentrée imminente au collège qu'elle a commencé à danser dans le salon, debout sur le canapé. Tania l'a sommée d'attendre la cour de récré pour gesticuler de la sorte. Maryline s'est braquée puis enfuie à l'extérieur. Elle a trouvé la petite Rebecca et lui a démis l'épaule. Enfin, démis, on ne sait pas encore, mais une chose est sûre, elle lui a fait très mal. Tania a tout vu depuis le porche. Elle n'a pas pu s'empêcher d'observer Maryline qui, comme à son habitude, faisait la roue pour attirer Reb' – elle l'appelle Reb', c'est insupportable, ce diminutif n'existe pas ! Elle lui a proposé de danser mais la petite ne voulait pas. Elle était assise en tailleur. C'est là que Maryline lui a tiré le bras. Une fois, deux fois. Elle insistait, lui disait qu'il fallait préparer la chorégraphie pour la montrer à leurs parents riches ! La petite gémissait, mais Maryline faisait fi de ses plaintes. Elle s'est agacée, l'a empoignée à deux bras et elle a tiré si fort, ensuite, que Rebecca a poussé un hurlement de douleur. Tout est allé très vite. Tania a rappliqué, William Miller aussi. Quelle confrontation terrible. La petite sanglotait dans les bras de son père et Tania n'osait même pas dire un mot sur Maryline, qui pourtant n'attendait que ça. Elle se tenait droite, face au voisin, presque contente d'elle. Tout, dans son attitude, était inapproprié. Tania ne savait plus où se mettre, d'autant que le père Miller est un homme extrêmement charmant. Elle s'est confondue en excuses et a attrapé Maryline par le poignet pour la ramener à la maison. Elle ne pourra plus jamais sortir de chez elle, cet épisode va tuer sa réputation dans le quartier. Quelle honte. Jusque-là, on la regardait de travers parce qu'elle n'avait pas d'enfant, et maintenant, voilà qu'on va la juger d'héberger une adolescente intenable.

Maryline, évidemment, ne voyait pas le problème. Selon elle, une copine doit vouloir faire de la danse ! Elle l'a répété à Tania en trempant ses doigts dans l'aquarium comme pour la défier, puis elle est allée prendre une douche. Elle a encore occupé la salle de bains pendant une heure. Tania ne comprend pas ce besoin de se laver deux fois par jour. Une fois tous les deux jours suffirait ! L'eau a un coût ! Philip n'était pas là pour l'apaiser, elle n'a pas pu se contenir. Elle est montée pour lui sonner les cloches et la sortir de là. Elle n'a pas voulu la surprendre dans son intimité, alors elle a d'abord frappé à la porte. Aucune réponse. Il lui a fallu entrer. Elle a vu la petite étendue dans le bac à douche, les yeux fermés sous le jet du pommeau. Son corps était si grand, si raide, si godichon, que ses pieds dépassaient du rideau transparent. De l'eau coulait partout. Tania s'est emportée. Maryline ne s'est pas excusée. Sans couper l'eau, elle a riposté que c'était une façon de prendre un bain. Elle était trop âgée pour se laver dans la bassine qui aurait servi à un bébé ! L'absence de baignoire la chagrine ! Elle en a réclamé une. Elle a avancé qu'il était forcément possible de la construire puisque Philip savait faire des travaux. Elle a réponse à tout, c'est monstrueux. Elle a aussi demandé à Tania de lui réserver une séance de manucure dans un institut. Or on ne peut pas se faire peindre les ongles à Saint Helen. En quelle langue fallait-il le lui dire ? Mais elle voulait du vernis ! Elle se débrouillerait toute seule s'il le fallait ! Elle sait colorier sans déborder ! Les ongles ne sont que de petits coloriages ! Tania est mortifiée de le penser, mais elle comprend pourquoi Maryline a été abandonnée la fois précédente et toutes les fois d'avant. Pire, elle est maintenant obnubilée par l'idée de savoir qui sont ses vrais parents. Qui a pu donner naissance à une fille pareille ?

Dans la cuisine, Tania réfléchit, adossée à une chaise, le corps en poupée de chiffon et l'index dans un sac de glace ; elle vient de se coincer le doigt dans un placard. Le pauvre est bleu. Sa maladresse n'est que la conséquence de son mal-être et de sa nuit blanche. Déjà, avant-hier, elle a failli se prendre une bitte en reculant avec le break. Heureusement qu'elle a pilé à temps ; Philip serait sorti de ses gonds. D'ailleurs, elle l'attend. Il est aux toilettes. Ça fait au moins trente minutes qu'il est enfermé là-haut ! Que fabrique-t-il, lui aussi ? La petite dort encore, heureusement. Tania va lui dire, à son mari : il faut rendre cet individu. Ce n'est pas leur enfant et ça ne le deviendra pas ; ils auront beau essayer, rien n'y fera. Ils sont issus de deux mondes opposés. Madame Baker est une femme extraordinaire, et Tania le pense avec déférence, mais la boss de la Baker Agency a commis un impair.

— Qu'est-ce que tu fous avec des glaçons ? baragouine Philip, enfin présent.

— Je me suis blessée. Je suis tendue !

— Qu'est-ce que t'as ?

— C'est elle.

— C'est une imbécile.

— Je veux la rendre.

— Content de te l'entendre dire.

Ils conviennent de retourner Maryline. Inutile de s'attarder sur la question, la décision est prise. Tania termine son café en une gorgée et quitte la cuisine. Elle avait besoin de l'aval de son mari. Maintenant, elle va trouver madame Baker, lui dire que tout est fini et régler le problème en deux coups de cuillère à pot. Elle ne doit pas réfléchir plus longtemps, au risque d'être rattrapée par le doute. Elle saisit les clés de la voiture et ouvre la porte. Avant de sortir de la maison, elle s'arrête sur le paillasson. Elle respire un grand coup et s'adresse à son mari :

— Je ne sais pas si je veux un autre enfant.

— Prends le garçon. Il était bien, lui.

— Mais on n'est peut-être pas faits pour être parents !

— Tu as ça en toi, ma petite chérie. Tu es une mère.

À ces mots, Tania est parcourue d'un frisson. Son mari se blottit contre elle. Sa barbe lui gratte le cou, Tania étouffe dans ce câlin. Ce n'est pas contre Philip ; c'est que tout l'étouffe, en ce moment.

— Bon, j'y vais.

— Bien sûr, vas-y, répond-il.

— Si elle te demande où je suis, dis que je suis partie me faire soigner la main. Je vais faire un crochet chez le docteur.

Tania s'éloigne, le doigt en l'air. Par compassion, ou pour exister aussi, Philip se tient le dos. Une minute plus tard, installée dans sa voiture, Tania démarre en trombe et se sauve. Elle baisse les vitres en actionnant la manivelle. Il lui faut de l'air. Sa vie est devenue irrespirable en quelques jours. C'est incompréhensible. Elle supporte trop de manques. Elle appuie sur le champignon en direction de la route principale en essayant de reprendre des forces. Philip a raison. Elle est née pour être mère. Comment pourrait-il en être autrement ? Après tant d'années à se battre pour avoir un enfant, il serait dommage de baisser les bras maintenant.

À la maison, Philip hésite à débarrasser les deux tasses qui trônent sur la table. Il se ravise, nourrit ses poissons, puis rejoint le canapé, attrape la télécommande et allume la télévision. Des bruits précipités de pas dans les escaliers parasitent son émission. C'est Maryline. Elle appelle Tania à plusieurs reprises d'une voix affolée.

— Elle est partie chez le docteur, dit Philip. Pourquoi tu cries comme ça ?

— Je saigne des jambes ! Je saigne des jambes !

— Comment ça, tu saignes des jambes ? demande Philip, qui se redresse, inquiet.

— Il faut que j'aille chez le docteur avec maman ! Tout de suite !

Maryline progresse lentement dans le salon, une serviette-éponge devant elle. Elle guette le regard de Philip. Quand elle a toute son attention, elle décale son linge et dévoile ses genoux pleins de sang. Elle hurle une nouvelle fois.

— J'ai trop rasé !

Les yeux de Philip s'arrondissent comme ceux de ses poissons.

— Trop rasé ?

— Avec ton rasoir de papa.

Philip touche sa barbe puis passe une main sur son crâne lisse. Il a besoin d'exécuter ce geste pour bien comprendre. Son rasoir ! Elle a pris son rasoir ! Il se rapproche de l'adolescente, observe ses jambes à un bon mètre de distance et décompte la somme de ses égratignures au milieu de ses poils bruns. Ce qu'il voit le répugne.

— Pourquoi tu as pris mon rasoir ?

— Pour avoir les mêmes jambes que Tania !

Philip songe que c'est vrai, sa femme a de belles jambes. Il rêvasse un instant, pense aux mollets de son épouse quand elle porte des talons. Depuis combien de temps n'ont-ils pas fait l'amour ? Cette question le surprend et l'excite, jusqu'à ce qu'une goutte de sang s'écrase parmi d'autres sur la dernière marche de l'escalier. Il pourrait tourner de l'œil. Il ne sait pas quoi faire. Il faut qu'il appelle Tania. Il a besoin de l'entendre.

— Je vais mourir ! vocifère Maryline.

— Va te nettoyer !

— Je vais mourir ! hurle-t-elle encore.

— Tu vas mourir de connerie, oui !

Philip assure qu'il va appeler Tania puis se dirige vers la cuisine pour fuir la gosse. De son côté, Maryline fonce dans sa chambre et s'assied sur son lit. Le soleil par la fenêtre éclaire sa peine et ses yeux angoissés. Elle parcourt la pièce du regard puis lorgne ses genoux écrasés sur les draps blancs. Elle les remue pour éponger ses blessures ; le sang tache tout. Lasse, elle bascule sa tête en arrière, sur l'oreiller.

— Si je meurs, tu auras de nouveaux parents, tu n'iras pas dans un foyer, jure-t-elle à son enfant imaginaire en sanglotant de plus belle.

13.

Catherine se gare sur une place étroite, entre un fourgon et une imposante voiture. Elle s'extrait de la sienne en rentrant le ventre ; impossible d'ouvrir davantage sa portière. Dans le coffre, elle attrape un sachet kraft, puis se dirige jusqu'à l'entrée du foyer au milieu des drapeaux Baker Agency.

Ses pas sont mous. Elle n'a jamais su marcher vite, ou si, quand elle était encore jeune, qu'elle n'avait pas trente ans. Ce qui lui confère cet air accablé et l'empêche d'avancer comme tout le monde, c'est la somme de ses fausses couches ; quatre en tout. Le gynécologue lui avait dit, sans finesse, qu'elle était le record de Saint Helen. Quelque chose devait dérailler dans la machine. Une nouvelle grossesse ne servirait qu'à remettre son titre en jeu. Elle s'en souviendra toute sa vie. Elle est un record qui peine à s'en sortir. Dans le quartier où ils vivaient avec Edgar, à cette époque, elle le savait, elle était devenue celle qui trimballait ses échecs comme des boulets enchaînés à ses chevilles. Deux à gauche, deux à droite. Elle voyait tous les regards sur elle quand elle peinait à faire ses courses ou à évacuer le passage piéton à temps, sur l'avenue principale. Sa vie lui pesait et lui pèse toujours. Déménager n'aura servi à rien. Le monde extérieur n'est qu'un brouhaha dont elle se sent exclue. Joshua représentait le retour à la réalité, la légèreté, la cisaille dont elle avait besoin pour se déprendre de ces poids, se libérer enfin, tout recommencer, devenir comme les autres. C'est peut-être pour cela qu'elle lui rend visite désormais. Pour ne pas totalement perdre celui qui aurait pu tout changer.

— Ça déferle aujourd'hui ! s'exclame madame Baker lorsque le visage de Catherine se présente à elle. Je suppose que vous venez voir Joshua ?

Catherine opine et madame Baker la conduit au réfectoire. Elle se fait la réflexion que cette femme se meut comme son ex-fils ; mollement.

— Installez-vous. Je vais convoquer Joshua. Il est sorti de classe, à cette heure.

— Oui, j'ai fait attention.

— C'est bien de faire attention à l'heure, madame Davis.

Cinq minutes plus tard, Joshua est face à Catherine. Ils sont installés à la même table que la semaine dernière mais ont inversé les places. Cette fois, Catherine a vue sur la cour. Joshua, lui, ne voit que Catherine et un distributeur de friandises. Il espérait qu'elle reviendrait et, maintenant qu'elle est bel et bien là, il a envie de rebrousser chemin. Il préférerait faire un foot dehors avec Lopin. Ses pieds se balancent sous sa chaise.

— Vous jouez là, parfois ? demande Catherine à Joshua, contraint de se retourner pour suivre son regard.

— Oui.

— Je t'ai ramené des cookies.

Joshua arbore une mine interloquée. Des cookies ? Catherine est contente d'elle. Ce sont des cookies de chez Jon.

— Je ne les ai pas volés ! dit-elle, l'air rieur.

— T'aurais pu, il est aveugle, Jon.

— Aveugle ? Il n'est pas aveugle, Jon ! Je te rappelle qu'il te voyait faire.

Elle aimerait que Joshua la remercie. Elle a mis du cœur à l'ouvrage. L'épicerie de Jon est loin d'être un magasin agréable. Les produits y sont mal rangés, tout est en fouillis, et son propriétaire ne sourit jamais. Elle a fait ses commissions le plus vite possible. Une odeur de tomates pourries lui a filé la nausée.

— Tu as des copains ? Tu pourras partager.

— J'ai Lopin et Benjamin, et d'autres copains qui étaient leurs copains avant que j'arrive.

— Ça fait beaucoup de monde alors.

Le sac contient douze biscuits. Joshua les compte. Il est ravi. Il songe que Catherine est gentille. Il l'a rarement vue comme ça. Quand elle se levait de bonne humeur, ça ne durait jamais. Elle basculait rapidement. Joshua sentait que c'était sa faute ; plus ils passaient du temps ensemble, plus elle se fanait. Il avait raison. Souvent, Catherine se demandait ce que le garçon faisait là, chez elle. Il n'était qu'une présence muette. Un meuble. Mais Edgar aussi était responsable des mauvaises dispositions de Catherine ; toujours à lui faire une remarque, toujours à redire sur la consistance de son potage, la couleur de ses vêtements, la matière des draps, son manque de caractère. En y pensant, Joshua se dit qu'elle est une pauvre fille.

— Pourquoi t'es là ? Tu veux me réadopter en fait ?

Catherine ne s'était pas préparée à cette question, même si elle se l'est évidemment posée à elle-même. La réponse est non. Elle n'envisage pas de revivre avec Joshua. Elle a fait une croix sur son potentiel destin de mère et elle n'a plus d'argent. Il faut apprendre à lâcher, même si Joshua n'est pas désagréable aujourd'hui. Le foyer lui réussit peut-être. Mais le gosse n'est pas un jouet. Elle ne peut pas le rendre, le reprendre. Elle évite le risque. Le risque de ne pas recevoir d'amour de sa part, de ne toujours pas l'aimer, de devoir l'abandonner à nouveau. S'ils avaient dû se lier, elle serait actuellement en train de faire de la balançoire avec lui quelque part. Les premières fois, elle l'aurait poussé timidement, puis, à force de temps passé ensemble, elle aurait aimé le contact de ses mains sur son dos. Lui, il aurait ri et cherché à prendre de la vitesse. Un jour, il l'aurait appelée maman et elle aurait été émue. Un jour, enfin, elle aurait trouvé ça normal. La vie aurait fait son chemin. Par des allées de traverse, Catherine serait devenue une mère ordinaire. Elle aurait même doublé certaines familles ; un enfant de neuf ans vous fait prendre de l'avance. Catherine croyait en ce scénario. Quand elle avait adopté Joshua, la gérante de l'agence qui le représentait lui avait expliqué qu'une famille se construisait au fil de moments heureux. Mais si aucun moment heureux n'est vécu au départ, où déposer les autres ? Sur quelles fondations ? Alors non, Catherine ne recommencera pas. Les repas sans un bruit, le manque de conversation, les nuits à se demander pourquoi. Pourquoi lui, si maussade ? Le malheur de Joshua déteignait sur elle, sur le canapé, sur les murs de la baraque, partout. C'était désolant, toutes ces heures silencieuses. Catherine ne veut plus les entendre. Elle ne veut plus ça. Elle ne veut plus assister à un spectacle de fin d'année et observer un garçon déguisé en petit pois, tout en se demandant si elle mérite une chose pareille. Il faisait tant de peine, sur scène, et elle le trouvait si gauche, aussi. Ses émotions la tordaient de douleur. Il est si difficile d'être la mère de quelqu'un. Si difficile de vouloir tenir à cet autre qui ne nous attire pas. Si difficile, surtout, de capter la vulnérabilité d'une personne sans pouvoir l'encaisser. Joshua allait se faire manger tout cru par le monde entier. Elle aurait pu lui inculquer un iota de robustesse. Elle aurait pu devenir une mère pour cet enfant sans repères, soulager ses blessures, annihiler ses malheurs et les dommages de sa naissance. Elle aurait pu lui apprendre à purger son passé pour s'ouvrir enfin au quotidien. Elle a essayé, mais elle n'était pas la mieux placée. Elle-même avait trop à purger.

Joshua attend qu'elle formule une réponse. Elle se doit d'être précise. Sa question l'est.

— Non, je ne vais pas te réadopter.

— Bah, pourquoi t'es là ?

Le gosse insiste. Catherine pourrait lui exposer ses motivations mais elle en est incapable. Rien n'est clair dans sa tête. A-t-elle besoin de l'avoir dans sa vie, mais pas dans sa maison ? Un fils à temps partiel, occasionnel, pas vraiment là mais pas tout à fait absent non plus ? Catherine songe aux sourires qu'il n'a pourtant jamais émis. Que cherche-t-elle à minimiser ? Du haut de ses neuf ans, est-il le résultat de ces quatre enfants perdus, qui auraient grandi au ciel et seraient revenus dans la peau de ce petit garçon brun ? Au fond, elle sait qu'elle n'a pas réussi à l'aimer, lui qui était là en chair et en os, palpable, vivant. Mais il est le seul enfant qu'elle ait jamais réveillé le matin. Le seul qui, sur une simple photo dans un catalogue, un soir dans le salon, a ravivé l'espoir. Renoncer à Joshua, finalement, c'est renoncer à tout.

Le garçon reste imperturbable face à elle. Elle n'a aucune phrase intelligible et entendable à prononcer, rien qui puisse le satisfaire. Le doute l'égare ; après tout, il n'y a entre eux qu'une douzaine de biscuits. Elle les fixe et parle enfin :

— Je suis là pour tes cookies, articule-t-elle.

— Merci alors.

Joshua en attrape un, qu'il dévore. Une pluie de miettes s'effondre sur ses genoux. Les cookies de Jon sont vraiment délicieux. Il regarde son pantalon puis relève les yeux sur Catherine. Elle est pâle, dans son caraco blanc dentelé. Joshua voudrait la faire sourire. Elle aurait bien besoin d'entendre une blague. En plus, Lopin lui en a raconté une bonne, tout à l'heure. L'histoire d'un enfant qui demande à ses vrais parents s'il a été adopté, et alors ils lui répondent : « Pas encore, nous n'avons mis l'annonce qu'hier ! »

Sauf que Joshua n'a pas le courage de la lui partager. Catherine lui fait de la peine mais les mots ne sortent pas, et il comprend très bien pourquoi. Parce qu'il est vain de donner de la joie à ceux qui ne savent pas quoi en faire. Alors il se lève et s'en va, son sachet de gâteaux entre les doigts.

14.

Joshua parcourt les couloirs du foyer. Depuis qu'il a quitté Catherine et le réfectoire, il est à la recherche de Lopin qu'il n'a pas trouvé dans leur chambre. Il tombe sur Cassie, assise sur un banc, sa peluche accrochée à la main. La petite fille utilise les pattes de son lapin usé pour se gratter le visage.

— T'en veux ? demande Joshua en lui présentant son sac de cookies.

Elle attrape un biscuit et l'invite à s'asseoir à côté d'elle. Il pose une fesse sans trop oser regarder la petite fille de près, puis s'enquiert de savoir si elle va mieux depuis l'autre jour, quand elle a crié au stade et fait peur à tout le monde. La fillette répond qu'elle n'a fait peur à personne. Elle veut simplement des parents et elle va peut-être en avoir. Il paraît que des gens l'ont vue sur Internet et vont passer au foyer pour la rencontrer. Madame Baker doit organiser une entrevue et Magdalena lui mettra de la crème apaisante sur les joues pour qu'elle ressemble à sa photo.

— OK, cool. Tu n'aurais pas vu Lopin ?

— Il est dans la salle de jeux, viens.

En grignotant son gâteau, Cassie saute sur ses pieds et s'élance droit devant elle. Joshua la suit. Elle a de petites jambes qui se frottent quand elle marche tandis qu'elle se retourne toutes les cinq secondes pour s'assurer que le garçon est toujours derrière elle. Ils entrent dans la vaste pièce remplie de bibliothèques, de tableaux sur chevalets et de tables où se réunir. Joshua aperçoit Lopin sur l'une d'entre elles, les jambes dans le vide. Benjamin est avec lui. Un copain de Benjamin est là aussi, celui qui rentre ses tee-shirts dans son pantalon et n'adresse jamais la parole à Joshua. Ils se servent des cookies que Joshua leur propose, sauf Lopin.

— Qui t'a donné ça ? interroge Benjamin.

— Ma mère d'avant qui m'a jeté. J'ai cru qu'elle me les offrait pour me reprendre.

Benjamin tape l'épaule de Joshua pour compatir.

— T'aurais préféré ?

— Non, je l'aime pas.

— On n'est pas obligé d'aimer nos parents. Comme ça tu souffres moins quand ils te rendent, dit Benjamin.

— C'est quoi l'histoire avec ton ancien frère débile ? questionne Joshua, qui n'a pas oublié.

Benjamin se retourne, comme pour vérifier qu'ils ne sont que tous les cinq, Cassie incluse, dans leur périmètre. La présence de la fillette ne le dérange pas. Il s'est habitué à ce qu'elle colle les plus grands. Les enfants de son âge l'évitent à cause de ses plaques rouges. Ils disent que sa maladie est contagieuse et qu'elle sent le sommeil.

— L'histoire, c'était avec mes premiers parents. J'avais huit ans. C'étaient des parents cool. La mère était belle et le père était un ancien pompier. Ils avaient déjà un enfant de douze ans, avec un prénom ridicule, commence Benjamin.

Il marque un silence pour faire monter le suspense, puis poursuit :

— Il s'appelait Léon-Gasper.

Cassie pouffe. Benjamin continue. Il explique que Léon-Gasper le détestait car il ne voulait pas de frère adopté. Il voulait ses parents pour lui tout seul. Alors un jour, dans la cuisine, il les a menacés avec une fourchette. Il a dit qu'il fallait « rendre le petit Ben ».

— C'était moi le petit Ben, précise-t-il.

— Oui, j'avais compris, dit Joshua.

— Il a crié qu'il allait leur trouer le cœur avec la fourchette et il mimait le geste avec son bras. Bam ! Bam ! Bam !

Cassie est pétrifiée, elle porte son doudou devant ses yeux.

— Et ils m'ont rendu au bout d'un mois. Ce taré de Léon-Gasper était content de lui. Voilà, c'est tout.

— Ah d'accord, commente Joshua, un peu déçu par le récit.

Il se tourne alors vers Lopin et lui demande s'il a déjà eu des frères et sœurs. Son copain lui répond que non, et que de toute façon les frères et sœurs sont toujours ingrats avec eux puisqu'ils leur volent l'attention des parents.

— Dis-toi que c'est nous, tes frères et sœurs. Pas de famille, pas de problème, tranche-t-il.

Cassie intervient pour répéter qu'elle va peut-être avoir une famille mais personne ne l'écoute. Elle se dirige vers le ventilateur qui tourne à toute puissance et se place devant en fermant les yeux. Trente secondes plus tard, elle se regarde dans un miroir pour observer sa peau qui n'a pas dérougi. Elle pose sa peluche dans un coin et attrape des fléchettes pour en distribuer aux garçons en leur désignant la cible.

— On fait une partie ?

— OK, rétorque Benjamin.

— Moi je dois aller à l'infirmerie, c'est l'heure de ma piqûre, annonce Lopin.

Il glisse de la table et quitte les lieux. Joshua le talonne pour rester avec lui. Dans le couloir, ils n'échangent pas tout de suite. Joshua réfléchit à ce que ses copains viennent de lui raconter. Il n'a jamais eu de frères et sœurs mais il espérait en avoir un jour.

— Au moins, si t'as des frères et sœurs, tu peux jouer avec eux, argumente Joshua.

— Non, les enfants adoptés, on est plus intelligents que les enfants normaux, donc on ne peut pas s'entendre, ça crée des problèmes, explique Lopin.

— C'est vrai ?

— Bien sûr que c'est vrai, assure Lopin. C'est Lukas qui nous l'a dit. Avant, il travaillait dans la cantine d'une école avec des enfants normaux et il a remarqué qu'ils étaient plus bêtes que nous, enfin qu'on était beaucoup plus intelligents.

Lopin freine devant l'infirmerie. Magdalena est là, qui l'attend.

— Mon Lopin, comment vas-tu ? demande-t-elle à l'adolescent.

Lopin tape dans la main de Joshua pour le saluer et entre dans le bureau de l'infirmière, un grand sourire aux lèvres. Les joues heureuses et les épaules moins hautes que d'habitude, il donne l'impression d'avoir perdu cinq ans. Il disparaît derrière la porte qui se referme.

15.

Madame Baker n'a pas arrêté de la journée. Tania est passée au foyer et a demandé à rendre Maryline. Elle est arrivée en furie. Elle avait si chaud qu'elle pinçait sa robe entre ses seins pour la secouer et s'aérer la poitrine.

La patronne n'a pas tenté de la faire changer d'avis. La période d'essai sert à ça. Elle est un sas de liberté qui met tout le monde à l'aise. Si elle n'existait pas, de nombreux parents ne sauteraient pas le pas de l'adoption. Ils sont frileux à l'idée de s'engager, quand bien même ils peuvent se rétracter n'importe quand par la suite. Mais faire demi-tour en période d'essai est administrativement plus simple, et cela leur paraît toujours moins inconvenant. Les gamins aussi y trouvent leur compte ; dès lors qu'ils ont conscience que rien n'est signé, ils souffrent moins d'être rejetés. Ils vivent ce début d'adoption comme une épreuve enrichissante, un séjour découverte.

Madame Baker a prévenu Tania : l'acompte ne sera évidemment pas remboursé. En revanche, si Philip et elle veulent adopter un nouvel enfant du foyer, le tarif sera préférentiel, maintenant qu'ils sont dans le circuit.

— Et puis je vous apprécie, je serai arrangeante, a notifié madame Baker.

Tania l'a écoutée avec une très grande attention. Elle n'était pas fière d'elle. Elle a répété qu'elle avait conscience d'être peu courageuse, mais que s'occuper de Maryline était au-dessus de ses forces. Elle n'était pas contre adopter à nouveau ; l'expérience l'avait certes dégrisée, mais elle lui avait donné envie de trouver le bon enfant malgré tout. Elle redoutait cependant d'échouer une seconde fois.

— Qu'avez-vous fait à votre doigt ? a questionné madame Baker.

— Coincé dans un placard.

— Ma pauvre Tania. Écoutez, vous trouverez le bon enfant et vous allez y arriver avec Philip. Cette aventure se vit à deux. Entraidez-vous : chacun passe du temps avec l'enfant. Selon vos appétences respectives, vous organisez des activités diverses et variées, à votre portée.

— Oui, justement, il est avec Maryline en ce moment.

— On ne parle plus de Maryline, là, Tania.

Tania a ensuite évoqué la possibilité d'accueillir Joshua, à qui elle pense souvent, tout en précisant, une nouvelle fois encore, qu'elle ne voulait pas se tromper. Madame Baker, elle, a validé ce choix avec un enthousiasme franc, les deux mains posées sur son bureau et le buste en avant, comme si elle s'apprêtait à se lever :

— Quelle bonne idée, Joshua ! N'était-ce pas votre intuition première, le jour du défilé ?

— Oui, vous avez raison. Philip voulait un garçon, de toute façon.

— Écoutez Philip.

En sept minutes, l'affaire était dans le sac. Tania et Philip récupéreront Joshua dans une semaine, pas avant. Ils ont besoin de se retrouver en amoureux, de reprendre leurs esprits, de réfléchir encore. Mais c'est tout réfléchi, madame Baker en est convaincue, même si elle est d'avis de ne rien précipiter. Tania était d'accord avec le délai. Quand l'entretien a touché à sa fin, elle a poussé un soupir de soulagement. Elle n'était plus la même femme. Elle voulait même reprendre rendez-vous chez le coiffeur.

À peine allait-elle sortir du bureau que son téléphone a sonné. C'était Philip. Il était éperdu.

— Maryline saigne des jambes, a rapporté Tania à madame Baker pour l'inclure à la conversation.

— Elle saigne des jambes ? a répété la patronne de l'agence.

— Elle saigne des jambes ? a redemandé Tania à Philip, toujours au bout du fil.

Tania a raccroché et lâché le fin mot de l'histoire :

— Elle s'est coupée en se rasant.

— Ah, je pensais qu'elle avait ses règles, a rétorqué la patronne.

Elles se sont séparées sur cet échange. Un quart d'heure plus tard, Catherine Davis apparaissait dans le bureau de madame Baker afin de discuter avec Joshua. Qu'avaient-ils tous aujourd'hui avec le garçon ? L'intérêt soudain pour ce môme était tout de même surprenant. Et s'il fallait organiser des adoptions aux enchères ? C'est un projet auquel madame Baker songe depuis quelques mois.

Enfin seule. Elle verrouille la porte de son bureau, disposée à rentrer chez elle. Il commence à faire nuit. Elle traverse les couloirs silencieux à cette heure, sa mallette à la main. Elle contient une liasse de documents à traiter ce soir. Demain, elle ira chercher Maryline chez Tania. Récupérer l'adolescente ne sera pas une mince affaire. Cette gamine est insupportable, il faut le reconnaître. Elle suce des asperges ! C'est aberrant. Madame Baker prétend évidemment le contraire. Il en va de sa mission et de sa stature. Mais quelle misère, tout de même, de passer son temps à dire du bien des gens. Qui s'occupe de pondre des éloges à son égard à elle, hein ? Qui lui tresse des couronnes ? Madame Baker aimerait aussi qu'on la complimente. Ceci dit, il n'est pas décent de se plaindre : elle rayonne dans le secteur. Le journal local a décidé de lui consacrer trois pages le mois prochain. Trois pages sur sa success-story et sa grande humanité. Mais seule sa bravoure professionnelle est acclamée. Le soir, quand elle rentre chez elle, plus personne ne l'attend. Personne ne la remercie d'exister. Personne n'a préparé le dîner. Personne n'a allumé de bougies ; pourtant, ce n'est pas ce qui manque. Hibiscus, menthe, goyave, vanille des îles. Madame Baker en possède une armada, aux parfums variés. Personne n'y touche jamais, personne ne la touche jamais. Personne ne lui demande comment elle va. Si la vie glisse, si le temps qui passe l'effraie moins qu'avant, si le souvenir de ses parents est supportable. Personne ne l'appelle jamais par son prénom en ouvrant les rideaux sur le jour levé et la grande lumière de son pays. Sait-on seulement qu'elle se prénomme Rosie ? Rosie Baker est lasse, parfois. Lasse de créer des familles et de ne pas en avoir. Lasse d'opérer des matchs pour tant d'autres et de vivre seule. Lasse de disposer d'une belle vue sur son jardin et de ne la partager avec personne. Quelle importance ont les décors quand une seule paire d'yeux s'en délecte ?

Elle démarre son pick-up et serre le levier de vitesse d'une maigre rage, parce que la rage lui va bien. Elle la rend moins fébrile que le bonheur puisqu'elle dit toujours la vérité : la vie n'est pas simple. Il est reposant de l'accepter. C'est dans cette acception que madame Baker respire, embraye et effectue une marche arrière. Elle braque, accélère, attrape la route et fonce sur l'avenue principale. Quelques ramdams traînent au pub. Toujours les mêmes tablées, toujours les mêmes rendez-vous, toujours les mêmes solitudes qui se retrouvent pour tuer la réalité. Madame Baker les dépasse et rejoint les champs. L'horizon se noie devant elle et se perd dans son rétroviseur. Elle est au milieu de rien, mais, dans moins de dix minutes, elle apercevra les premiers éclairages de Port Blue, les buildings, les grands magasins, les pizzerias, les terrasses en bois. Elle se rappellera son enfance, les émotions en demi-teinte, comme chaque jour quand elle franchit la frontière du comté. Elle se reverra sauter à la corde dans une salopette, elle supportera l'image prégnante de ses couettes en suspension qui balaie son visage une seconde sur deux. Elle a tant aimé être enfant. Elle a tant aimé courir après les écureuils et tant aimé la voix de ses parents qui l'appelaient à table.

Sa voiture passe le panneau *Welcome to Port Blue*. Enfin, elle est chez elle, loin de ces familles qui gémissent et ne savent pas ce qu'elles veulent. Elles pourraient mesurer la chance qu'elles ont : être ensemble pour le meilleur et pour le pire, et souvent pour le meilleur, grâce à elle.

16.

Joshua renvoie la balle à Lopin. Depuis de longues minutes, ils enchaînent les passes en silence. Il est déjà dix-huit heures. Des nuées d'étourneaux commencent à noircir le ciel. Les deux garçons disposent encore d'une heure de quartier libre avant le dîner et une nouvelle soirée loto. En attendant, ils font évoluer les règles de leur jeu. Ils déplacent une chaise sur la ligne invisible qui les relie. Le ballon doit passer entre les quatre pieds, sans les toucher. Ils comptent les points. Le premier qui atteint les cinquante sera le vainqueur.

Joshua les cumule. Il fléchit correctement les genoux et effectue de belles frappes, même s'il est épuisé. Depuis qu'il est au foyer, il peine à trouver le sommeil. Il remue ses pensées, son envie d'appartenir à une famille, d'avoir une chambre à lui. Tous les soirs, dans son lit, son cerveau déchaîné fait battre ses paupières. Elles sont incapables de se fermer, alors il regarde le noir. Il y voit des formes, des vagues qui deviennent des nuages, qui deviennent des petits points, qui eux-mêmes clignotent comme des étoiles attroupées. Elles finissent par l'aveugler. À ce moment-là, il s'endort, soulagé d'être absorbé par la nuit. Il adore le pouvoir de la nuit : elle efface la journée et la remplace par une autre. Parfois, il pense aux gens qui ne dorment jamais, comme madame Ozan. La pauvre vivait la même journée depuis toujours. C'est peut-être pour ça qu'elle est finalement tombée malade.

Aujourd'hui, malgré la fatigue, Joshua se sent bien. Déjà une dizaine de jours qu'il est là. Le temps passe vite. À ce rythme-là, il défilera bientôt et il partira d'ici. Il n'en parle pas à Lopin parce que Lopin aime trop le foyer.

Les garçons continuent de taper dans la balle, en silence. Madame Baker, qui passe une tête par la fenêtre du réfectoire pour les alpaguer, les trouve particulièrement sages.

— Quelqu'un veut vous voir dans la salle de jeux, dit-elle.

— Qui ? demande Lopin.

— Catherine ? essaie Joshua.

Catherine est peut-être là pour leur offrir de nouveaux cookies à tous les deux, maintenant qu'elle sait qu'il a plusieurs amis.

Le duo délaisse la cour pour gagner la salle de jeux. Debout, au centre de l'espace, dans une robe noire qui lui tombe à mi-cuisses, Maryline se tient debout sur le carrelage. Des pansements parsèment ses genoux et ses mollets. Ses longs cheveux blonds sont réunis en une natte qu'elle a ramenée sur son torse, entre deux petites bosses. Elle a les yeux très rouges. Ils ont beaucoup pleuré. Il y a d'abord eu les larmes pour avoir saigné des jambes hier, puis les larmes pour avoir été arrachée de chez Tania et Philip.

— Salut les gars, articule-t-elle.

— Qu'est-ce que tu veux ? questionne Lopin.

— Je suis de retour.

— On s'en fout.

Maryline aimerait jouer avec Lopin et Joshua parce qu'ils sont plus grands que les autres. Ceci dit, ce ne sont pas les seuls grands ici. Mais depuis que Maryline a remis les pieds au foyer, il y a deux heures, personne ne lui a adressé la parole. On l'a ignorée dans les couloirs. Peut-être avait-elle le regard trop sombre. Son corps trémulait encore quand elle est sortie de la voiture de madame Baker. La patronne est venue la chercher un peu avant midi. Maryline sentait bien qu'il se tramait quelque chose. Philip et Tania se plaignaient souvent d'elle ; elle entendait tout depuis sa chambre. Aussi, Tania était distante ce matin. Maryline a attendu sur son lit que la matinée progresse. Quand la sonnette a retenti, elle a compris. Elle a quitté sa position, entrouvert la porte, glissé son cou dans l'embrasure. Madame Baker était dans le salon et son air était sérieux. En apercevant le visage de Maryline, elle n'y est pas allée par quatre chemins : elle a figuré à l'adolescente qu'elle était là pour la ramener au foyer. Tania se tenait derrière la patronne. Elle avait choisi son camp et se protégeait.

— Pardon de ne pas t'avoir prévenue, j'allais le faire, a-t-elle répété deux fois à Maryline.

Maryline a hurlé. Elle n'avait d'autres réponses à fournir. Elle a tapé des poings sur l'accoudoir du canapé puis s'est précipitée sur l'aquarium pour cracher dedans. Tania était si choquée qu'un gaz lui est sorti de la bouche. Madame Baker a sourcillé. Un rot stupéfiant ! Tania aurait voulu s'enfoncer dans un trou et s'enfuir loin d'ici. Elle n'avait qu'une hâte : que la jeune fille parte de chez elle pour qu'elle oublie cette mésaventure. La patronne a fini par traîner Maryline dehors. L'adolescente refusait de lever les jambes pour avancer alors madame Baker lui donnait des petits taquets dans les talons.

Durant les vingt minutes de trajet en direction du foyer, les gémissements de Maryline n'ont pas cessé. Ses cheveux lui collaient à la bouche tellement elle pleurait. À chaque feu rouge, elle menaçait de sortir du pick-up. Au quatrième, devant le salon de coiffure et à quelques mètres du bureau de l'agence, elle a enclenché le loquet de la portière. Madame Baker l'avait verrouillée. Elle n'est pas née de la dernière pluie ; nombre de gamins ont déjà tenté de modifier la trajectoire de leur destin.

Madame Baker a bien essayé d'apaiser Maryline. Elle lui a garanti que de meilleurs parents la recueilleraient. Son laïus habituel, gorgé d'espoir, de promesses et de couleuvres à avaler. Maryline braillait qu'il n'existait pas de meilleurs parents que Tania et Philip, qu'ils avaient de l'argent et un projet de baignoire. Elle a ajouté, d'une voix aigre, que le monde était injuste, peuplé de personnes laides et sans cœur.

Au foyer, madame Baker a confié Maryline à Magdalena. Sa mission s'arrêtait là où son irascibilité naissait. Elle était à deux doigts de s'énerver sur la môme. Elle a beau comprendre les réactions des enfants, elle a beau savoir que le noyau du malheur déploie de nouvelles racines chaque fois qu'un abandon supplémentaire vient les arracher sans pitié, elle ne supporte pas les crises. Dès lors qu'elle flirte avec ses limites, elle délègue. Magdalena est un excellent relais. Elle est douce et ne s'emporte jamais, à croire qu'elle a été taillée dans du coton. Elle a calmé Maryline en lui fourrant des quartiers d'orange dans la bouche, puis a examiné patiemment ses plaies. Tania les avait déjà pansées. Magdalena a remis une couche de désinfectant et des pansements ornés d'animaux de la ferme avant que l'adolescente ne rejoigne la salle de jeux.

— Tes parents t'ont rendue ? demande Joshua.

— Oui, parce qu'ils veulent avoir un garçon.

— Pourquoi t'as des pansements avec des vaches ? se marre Lopin.

— Ça ne te regarde pas.

— T'as un canard sur la cheville, se moque Joshua.

— C'est une poule ! s'égosille Maryline.

Benjamin, qui n'a rien loupé du dialogue, imite la poule. Des enfants arrêtent ce qu'ils sont en train de faire pour assister au spectacle. Maryline soupire et se laisse tomber sur un siège derrière elle. Les garçons sont immatures, elle en a sa claque. Joshua et Lopin la regardent en ricanant et s'éloignent.

— Joshua, j'ai des trucs à te dire, lance Maryline pour retenir le garçon.

— Quoi ? interroge-t-il en se retournant.

— J'ai entendu des trucs sur toi.

— Quoi ?

— Des trucs sur toi. T'as qu'à rester avec moi et je te dis.

Joshua fait quelques pas. Il plie ses jambes et s'écrase sur le sol, en tailleur, à côté de Maryline. Depuis sa hauteur, la jeune fille le domine. Elle se penche vers lui. La pointe de sa tresse se balance dans le vide et toque son épaule à plusieurs reprises.

— Range tes grands cheveux, tu me saoules.

— Tania et Philip croyaient que je ne les entendais pas discuter mais je sais tout. Ils ont dit qu'ils voulaient t'adopter.

— Tu mens.

— C'est vrai ce que je te dis. Ils m'adoraient mais tout compte fait ils préféraient un garçon, et moi je suis une femme. Ils vont te prendre, t'es content ? Je te dirai comment c'est chez eux.

Maryline se tait. Elle a le cœur serré et des pincements dans le ventre. Elle repense à sa première excursion au supermarché avec Tania, au bonheur qui l'a envahie dans cette voiture dont elle savait le coffre plein de provisions pour sa nouvelle vie. Elle aurait presque du mépris pour sa candeur des derniers jours. Comment a-t-elle pu se laisser aller ? S'installer confortablement sur le siège de la voiture et songer que cette place était désormais la sienne ? Elle sait pourtant que rien n'est jamais acquis, en termes de parents. Qu'un parent, c'est volage. Ça hésite tout le temps, ça doute pour un rien, et ça fait des promesses que ça ne tient jamais. Elle connaît l'histoire. Elle en a déjà eu cinq. Autant de parents potentiels pour finalement n'en avoir aucun. Elle aurait dû se méfier, ne pas imaginer si vite qu'elle avait trouvé la bonne mère. Elle fera attention à l'avenir. Elle est trop naïve et trop gentille. Elle regretterait presque d'avoir dit à Joshua que Tania et Philip allaient l'adopter. Elle ne devrait plus parler autant. Elle veut des amis, une famille, mais personne ne s'intéresse à elle. Elle le voit bien ; Joshua ne la remercie pas. Il se lève et la plante ici, avec sa désolation et ses spasmes. De nouvelles larmes s'apprêtent à se frayer un chemin mais elle a épuisé sa réserve. Elle souffle dans le vide et sort de la salle à son tour, en direction de la chambre 3. Elle la connaît bien, elle y revient chaque fois. Elle a même le triste sentiment de ne l'avoir jamais quittée.

17.

Maryline a participé seule à la soirée loto. Elle ne voulait se mêler à personne, puisque personne ne voulait se mêler à elle. Elle n'a remporté aucune partie et a grimacé à chaque défaite. Joshua et Lopin, eux, ont de nouveau raflé des médailles en trichant. Ils se sont tapés dans les mains un bon nombre de fois. Joshua a joué le jeu, mais il était moins amusé que la semaine dernière. Une partie de son esprit ressassait les mots de Maryline : Tania et Philip souhaitent l'adopter. Il a passé la nuit à se demander si c'était vrai en repensant au défilé. Maintenant que le matin est là, il va enfin le savoir. Il vient de proposer à Maryline de le suivre sur le terrain de sport pour qu'elle lui raconte la vie chez Tania et Philip. Un instant, la jeune fille a hésité à le suivre. Elle avait terminé de petit-déjeuner et était occupée à ronger un bout de pain au-dessus de son assiette vide. Joshua ne l'avait jamais vue si calme. Il lui a signalé qu'elle avait promis, alors elle a montré sa paume droite en admettant qu'elle n'avait qu'une parole.

Elle a déposé son plateau dans le chariot de débarrassage et ils ont pris la direction de l'extérieur. Joshua a emporté un ballon sous le bras.

— T'as plus tes pansements avec tes poules ? lui demande-t-il en marchant.

— Non.

— C'est quoi tes blessures ?

— Je me suis rasée.

— Comment ça ?

— Tu peux pas comprendre, t'es immature.

Alors qu'ils atteignent la bordure du stade, leurs yeux se lèvent sur l'horizon aride. Au-delà du périmètre de goudron délimité par les pistes d'athlétisme au rouge passé, des champs terreux s'étalent à perte de vue. Certains sont striés de verdure. Le soleil éblouit les deux enfants. Plus près d'eux, une volute d'air chaud arbore la forme d'un nuage transparent, presque visqueux, aux contours irréguliers. Joshua a l'impression que l'on peut sauter à l'intérieur. La zone de flou oscille et lui évoque l'entrée d'un passage, qui mène peut-être de l'autre côté des champs. Il jette sa balle dedans, pour voir. Elle retombe au sol, rebondit sur deux mètres et s'arrête.

— Ils sont gentils, alors ? s'intéresse le garçon.

— Très gentils. Dans la chambre, il y a un grand lit. Tania aime bien aller au supermarché, tu verras.

— T'es sûre que je vais être leur enfant ? se méfie Joshua.

— Je te jure !

Maryline décrit le quartier du Mail à Joshua. Chaque fois qu'elle en a eu l'occasion, elle a observé toutes les maisons. Elle les a même comptées : trente-deux de chaque côté, sur l'avenue George-Rose, la plus guindée de la ville. Parmi ses préférées, il y avait celle aux volets verts et celle en briques couleur ocre. Elle aurait tellement aimé que ce décor lui devienne familier et supplante tous ceux de son passé. Elle espérait y déambuler prochainement comme on se promène chez soi. Hier encore, elle n'a pas eu besoin de tâter le mur au-dessus de son lit à la recherche de l'interrupteur quand elle s'est réveillée ; son corps connaissait le chemin et cette victoire l'avait émue.

— Je vais te donner des conseils pour qu'ils te gardent, annonce Maryline.

— Vas-y.

L'adolescente écarte les narines, gonfle les poumons et relâche un filet d'air chaud. Elle souffle pour signifier à Joshua qu'elle lui accorde une faveur ; il acquiesce en silence pour montrer qu'il lui en est reconnaissant :

— Ils sont riches, tu peux demander tout ce que tu veux, et tu peux regarder la télévision, Philip dit qu'elle est là pour ça ! Tu sais que c'est lui qui a embrassé Tania pour la première fois ? Ça faisait quatre ans qu'ils se draguaient déjà.

— Ah, OK.

Maryline continue :

— Ça va, ils sont mignons ensemble. Ils adorent les omelettes. Tu sais les faire ? Tu casses des œufs, tu verses beaucoup de lait, tu fais cuire dans la poêle, pas trop fort.

— OK.

— Le salon est petit mais joli, et il faudra que tu donnes ton avis sur la décoration de la véranda. Ils vont la refaire, ajoute Maryline.

— On va voir Lopin ? coupe Joshua, qui a obtenu ce qu'il voulait.

— Non, attends.

Maryline se rapproche du ballon qui gît au sol, pose un pied dessus et reprend :

— Les poissons, dans l'aquarium, ils sont trop beaux. Il faut les nourrir trois fois par jour, tu verses les pastilles bleues, ça fait plaisir à Philip que tu l'aides.

Elle donne un coup dans la balle, qui roule jusqu'à Joshua. Il la contrôle et la ramasse, puis rebrousse chemin. Maryline gambade derrière lui, jusqu'à se retrouver à son niveau. Ils marchent de nouveau côte à côte. Désormais, le soleil tape sur leurs dos. Maryline se frotte la nuque et redresse le menton. Elle est irremplaçable et elle le sait. Joshua ne tiendra pas une semaine, il tuera les poissons et Tania viendra la récupérer. Elle est certaine qu'elle va lui manquer. Elle sait que cette mère l'aimait. C'est à cause de Philip si elle s'est lassée. C'est lui qui répétait que la cuisine de Maryline était ratée ! C'est lui qui avait les intestins sensibles, lui qui n'aimait pas que l'on parle à table, lui qui avait la flemme d'installer une baignoire. Si elles avaient vécu toutes les deux, elles se seraient amusées entre filles.

— Tu veux qu'on joue à quelque chose ce soir ? poursuit Joshua.

— Ouais.

Joshua est poli. Puisque Maryline coopère, il peut bien l'inviter à jouer avec elle, Lopin et les autres. Ils poursuivent leur trajet jusqu'au portail en fer qui sépare le foyer du stade. Joshua le pousse et Maryline se faufile. Ils longent le large bâtiment gris et passent la porte de l'entrée. Madame Baker est au téléphone, adossée au radiateur géant près du paillasson. Joshua a espoir qu'elle le sonne et lui parle de ses futurs parents. Il ralentit son pas, cherche son regard, montre qu'il existe, ouvre grand ses oreilles au cas où. La patronne ne lui prête aucune attention. Maryline, elle, trace sa route. Elle pince sa robe et avance jusqu'au couloir des chambres comme on traverse un pédiluve. Ses mollets sont toujours éraflés mais son cœur saigne bien moins que la veille.

18.

Joshua a mal à l'oreille. Depuis ce matin, il la touche et appuie dessus pour atténuer la douleur. Lopin lui a assuré que ça allait passer à condition qu'il pense à autre chose. Il a tâché de se concentrer en classe sur ses calculs, mais la douleur l'en empêchait. Isabel a fini par l'envoyer à l'infirmerie.

Il est assis sur un tabouret, dans le local infirmier, une pièce ridiculement petite. Elle n'est pas plus grande qu'un sellier. Seul un hublot laisse entrer la lumière extérieure. Joshua observe attentivement les lieux en se disant que c'est là que Lopin vient tous les jours. Des photos de Magdalena avec des enfants du foyer, toutes prises au polaroid, sont accrochées aux murs.

— On en fera une tous les deux si tu veux, j'ai presque tout le monde mais je ne t'ai pas toi ! s'exclame l'infirmière en se lavant les mains.

Elle observe les oreilles de Joshua, la saine d'abord, la douloureuse ensuite. Ses mains sentent le médicament et le bain de bouche de la salle de bains d'Edgar et Catherine.

— C'est une otite séreuse, Joshua. On a dû te dire des choses qui ne t'ont pas plu.

Joshua repense à ce que Maryline lui a dit hier au stade et songe que l'infirmière se trompe.

— Je vais te faire un bain d'oreille puis te mettre des gouttes. Tu reviendras demain à la même heure pour une nouvelle dose.

— Je ne sais pas lire l'heure.

— On ne t'a jamais appris ?

Joshua ne dit rien et bascule la tête à droite. Magdalena attrape une poire de lavement, la remplit d'eau tiède savonneuse et la presse dans l'oreille du garçon. Il entend des bulles, ou peut-être une douce tempête qui lui évoque les vagues dont parlait si bien madame Ozan. En relatant son souvenir à Magdalena, un frisson le parcourt des pieds jusqu'au sommet du crâne. Il demeure immobile, les paupières toujours closes. L'instant d'après, l'infirmière lui redresse le visage.

— Attendons que ça sèche.

Joshua se dit qu'elle a une voix agréable, ça change de celle de madame Baker, toujours trop grasse, et de celle de Catherine, aiguë et tremblotante. Celle de Magdalena ressemble à une histoire du soir, il pourrait l'écouter longtemps. Enfin pas tout à fait. Il a quand même envie d'aller au self, il a faim, la douleur lui a coupé l'appétit ce matin.

— Regarde l'horloge, reprend l'infirmière. Il y a deux aiguilles. Il est onze heures et trente minutes. Tu vois ? Maintenant, tu peux de nouveau pencher la tête, s'il te plaît.

Quand Magdalena verse les gouttes antibiotiques dans l'oreille de Joshua, un liquide froid le surprend. Il sursaute. Pour qu'il arrête de bouger, Magdalena lui propose de fixer le stylo qui dépasse de sa poche. Il est blanc et tacheté de ronds bleus. Joshua dépose son attention dessus et patiente. Il ne veut pas sortir de cette pièce et retourner en cours avec Isabel, pour une fois que l'on s'occupe de lui. Un jour, quand il vivait chez Edgar et Catherine, il était rentré de l'école les genoux écorchés. Il était tombé alors qu'il courait après le bus. Il l'avait raté et avait dû faire le chemin à pied. Une fois à la maison, Catherine avait examiné ses jambes de loin et l'avait traîné à la douche. Elle avait réglé le jet d'eau à la puissance maximale puis l'avait dirigé sur les blessures de Joshua. Il avait hurlé.

— Je vais avoir un pansement ? Je ne veux pas les pansements avec les poules comme Maryline, dit Joshua.

— Ils sont très bien, mes pansements !

— Maryline m'a dit que les parents qui l'avaient rendue allaient me récupérer.

— Ah bon ? Tu vas avoir des parents alors. Est-ce que ça te fait plaisir ?

— Oui, ils ont l'air gentil.

— Plus que moi ?

Joshua ferme les yeux, la tête toujours inclinée, les épaules affaissées. Magdalena le regarde. Elle n'aime pas ce qu'elle voit, ce mélange de contentement et de fragilité, cette façon de se réjouir pour des parents alors même que le Graal de l'existence ne devrait pas être celui-ci. À son âge, Joshua devrait être partout sauf ici, et se débattre avec des préoccupations bien plus futiles ; un cahier perdu, un copain fâché, un sticker déchiré, une collection de figurines incomplète. Certains jours, Magdalena n'en peut plus de ces histoires d'enfants qui se retrouvent jetés, repris, jetés, repris. Heureusement qu'elle est là, tout de même.

— C'est bon, Joshua. Tu peux te redresser.

Elle tamponne les gouttes résiduelles du produit qui coulent sur la joue du petit garçon, jusqu'au col de son tee-shirt. Il a toujours les yeux rivés sur son stylo.

— Tu le veux ?

— Quoi ?

— Mon stylo.

— C'est le vôtre.

— Tu es autorisé à me tutoyer ! Ici, on fait ce qu'on veut. Tu peux oublier tes bonnes manières et tu n'es pas non plus obligé d'aimer les puzzles.

— Comment tu sais ?

— Que les grandes personnes décident pour vous ? Je sais tout, moi. Je sais surtout que les puzzles n'ont jamais amusé les enfants. Il faut rester calme et assis très longtemps.

Magdalena tend le stylo à Joshua, qui appuie sur le clip et gribouille sur son avant-bras. Il comprend pourquoi Lopin aime bien l'infirmière, elle est gentille et elle devine tout. Il n'a pas envie de partir et demande à rester encore un peu. Magdalena accepte, il peut prendre cinq minutes pour se reposer. Il grimpe sur la table d'examen et s'allonge les mains derrière le crâne pendant qu'elle range son matériel.

— Pourquoi Lopin est plus souvent sur les photos que les autres ? questionne-t-il.

— Oh, parce qu'il est là depuis toujours et qu'il vient me voir tous les jours. C'est ton ami ?

— Oui, et on est dans la même chambre.

— Tu as beaucoup de chance.

Enfin décidé à se lever, Joshua se redresse, remet son sweat et pose sa main sur son oreille malade. L'infirmière lui ordonne de ne pas y toucher. S'il a mal ce soir, il peut repasser la voir, elle lui soufflera dedans. Ça lui fera beaucoup de bien, et, s'il fait l'effort de se concentrer, il pourra entendre la mer à nouveau.

19.

Le championnat de motocross de Saint Helen débute dans quatre jours. Philip ne pense qu'à ça. Il a dit qu'il emmènerait le gamin avec lui. Il se projette avec Joshua. Tania aussi, évidemment. Toutefois, elle a besoin de se conforter dans son choix. Hier soir, elle a supplié Philip de jeter un œil avec elle aux petites annonces de l'agence, sur Internet. Elle voulait en arriver à la conclusion que Joshua était le bon enfant, ce qui n'a pas manqué d'agacer Philip. Il estime que sa femme doute beaucoup trop. Tania s'est vexée. Elle a peur de l'avenir et elle a le droit. Même si les autres profils de l'agence ne l'ont pas séduite, qui sait si Joshua lui plaira vraiment ? De la chair de sa chair, elle aurait tout aimé. Mais de la chair d'un inconnu ?

Elle franchit le seuil du salon de coiffure de Béthanie. Elle va enfin changer de couleur. Elle en a bien besoin. Béthanie l'accueille avec un large sourire. Sa joie de vivre contraste avec l'intérieur de son commerce. Il mériterait un sacré rafraîchissement. Aucune nouvelle cliente n'y a mis les pieds depuis des années. Qui voudrait entrer dans ce salon miteux, situé au fond d'une cour, sur la route principale ? Dans la vitrine sont affichées des photos jaunies de femmes pourtant bien coiffées, sauf qu'on dirait qu'elles sont mortes. Seules les habituées comme Tania se rendent chez Béthanie. Elle reçoit parfois des hommes, généralement ceux que leurs compagnes ne savent pas tondre.

Tania est le premier rendez-vous de l'après-midi. Béthanie lui fait la bise en claquant des lèvres puis lui place la tête dans le bac à shampoing.

— Allez, plouf ! s'amuse-t-elle en appuyant sur le front de Tania.

Elle lave ses cheveux en silence. Elle s'interdit toujours de parler quand elle masse un cuir chevelu ; elle sait combien ce moment invite à la détente. Pourtant, Tania peine à se relâcher. Elle a beau avoir troqué ses dernières heures de sommeil contre un paquet de réflexions censées la cajoler, elle continue de se demander si Joshua est l'enfant qui lui fera oublier l'impossibilité d'en avoir.

— Pourquoi ton doigt est-il emballé dans du tissu de docteur ? questionne Béthanie, après avoir rincé la tête de Tania.

— Oh rien, rien.

— Pas à moi ! Je vois bien que quelque chose ne va pas. Dis-moi.

Tania ne minaude pas longtemps. Elle attendait ce moment. Elle sait que Béthanie est d'une grande écoute. Quand on lui rend visite, on paie autant son coup de ciseaux que son attention. Alors elle saisit l'occasion. Il est urgent qu'elle se décharge. Elle se confie quant à l'adoption de Maryline, une mijaurée, une erreur ! Puis elle explique à Béthanie qu'elle se sent seule. Philip est soutenant, certes, mais il ne s'investit pas beaucoup et ne la comprend pas toujours. Il imagine que si l'enfant est gentil, le reste coulera ! Ce n'est pas aussi simple que ça. Il faut qu'il se bouge. Ils vont accueillir un nouvel enfant ! Est-ce que le conduire au motocross suffira ? Tania a l'impression de tout gérer et d'être l'unique responsable de leur futur bonheur familial.

— Tu sais ce que j'en pense, ma belle. Ton homme est trop fier pour avoir un môme qui n'est pas de lui.

— Tu as raison.

— En même temps, crois-moi, il se sent si coupable qu'il validera toujours tes choix. Tu peux adopter quatre enfants et cinq chats, si tu veux ! Ça te change de ta mère, non ?

— Qu'est-ce que j'aime ta pertinence !

— Tu veux que je te tire les cartes ?

Béthanie applique la gelée colorante sur les cheveux courts de Tania puis lui enjoint de la suivre près de la caisse. Réflexion faite, on vient ici pour la coupe, pour l'écoute, et surtout pour le tarot. Les deux femmes prennent place sur des tabourets. Béthanie déploie son jeu, le mélange activement, puis constitue trois tas. Elle invite Tania à choisir une carte et à la retourner. Un ange y figure. Béthanie continue de guider Tania, qui s'exécute.

— Je vois un enfant... Ah non, attends, je vois une poule.

— Une poule ?

— Non, c'est bon, je vois un garçon. Vous allez avoir un garçon.

— Quel âge ?

— Je sais pas trop, je dirais la dizaine.

— Tu m'épates. Le nouvel enfant que l'on a choisi d'accueillir est un garçon de neuf ans !

Béthanie remballe. Pas besoin de chercher plus loin : ce qu'elle lit est très clair. L'avenir de Tania respire le bonheur. Il est rempli de moments en famille et d'un enfant mignon qui passe beaucoup de temps dans le jardin. Les cartes parlent d'elles-mêmes. C'est évident. Le tarot était lumineux. Rien de négatif au tirage. Même pas un petit diable ! Béthanie explique enfin à Tania que si cette nouvelle adoption se solde malgré tout par un échec, alors il sera question d'épanouissement en couple. Ils profiteront de la vie à deux, Philip et elle. Ils se marieront même une seconde fois pour célébrer leur amour. Renouveler ses vœux, c'est merveilleux. Mais Tania ne croit pas en cette version de leur relation. Cette option ne peut être la bonne. Elle s'ennuie trop pour imaginer que l'absence de progéniture ferait souffler sur son mariage un vent de liberté, de fêtes, de voyages et de noces.

La conversation dure un moment. Béthanie est d'un enthousiasme à toute épreuve, qui rassérène Tania. Quand celle-ci découvre sa nouvelle couleur, une heure plus tard, elle n'en est que plus heureuse. Elle se trouve belle. Ces mèches acajou la rajeunissent. Subitement, elle en oublierait presque le poids de ses tracas. En décollant les fesses de son siège, elle se sent légère. Elle vole jusqu'au comptoir, règle Béthanie et dépose un pourboire généreux dans le pot prévu à cet effet. Elle remercie la coiffeuse en passant une main dans ses cheveux. En l'espace de quelques heures, elle n'est plus la même femme, plus tout à fait. Elle va repartir du bon pied, réussir sa vie et accueillir chaque instant. Elle n'a même pas trente-neuf ans et, le jour de son anniversaire, ils seront trois. Elle pensera bien à compter : elle, Philip et le petit Joshua seront assis autour de la table. Elle vérifiera mille fois s'il le faut.

Guillerette comme elle ne l'a jamais été, elle quitte le salon et adresse un grand sourire à la cliente qui prend sa suite. Catherine, toute lambine qu'elle est, a pris rendez-vous pour redessiner son carré. Il n'est plus très carré et elle n'a vraiment pas le moral.

20.

Joshua est assis face à madame Baker, dans son bureau. Elle porte un chemisier vert à manches courtes. Cette scène lui rappelle leur première rencontre, même si elle avait eu lieu en ville, à la permanence de l'agence.

Il se fait la réflexion que, cette fois, il est seul avec la patronne, et qu'il va recevoir les mots qu'il attend depuis six jours. Il n'a plus mal à l'oreille, il est prêt à tout entendre. Il remarque le verre d'aspirine qui crépite devant lui. Madame Baker le boit d'une traite.

— Joshua, j'ai une grande nouvelle, dit-elle, la bouche pâteuse. Te souviens-tu de Tania et Philip, avec qui tu as discuté lors du défilé ?

— Oui.

— Ils t'adoptent. La période d'essai est de trois semaines. Je ne me fais aucun souci. Tu seras un petit garçon exemplaire, n'est-ce pas ?

— Oui.

— Tu es guéri de ton otite ?

— Bah oui.

Madame Baker sirote désormais un café, les lèvres en cul-de-poule. Elle n'a pas proposé de verre d'eau à Joshua. Elle extrait quelques papiers d'une pochette en tissu et les feuillette. Joshua ignore de quoi il s'agit. Certainement des documents liés à sa nouvelle vie. Elle inscrit des chiffres, une date.

— Ils viendront te chercher demain, à seize heures. Profite de ta dernière soirée au foyer et ne t'avise pas de narguer les autres. Tu peux disposer.

Joshua s'enfuit en sautillant. Il est si joyeux qu'il ne peut marcher. Son corps entier exprime sa satisfaction. Il entre dans sa chambre et chantonne un air qui n'existe pas. Il faut qu'il range ses affaires. Il hésite à se lancer, de peur que Lopin le surprenne. Comment lui annoncer qu'il s'en va ? Que le loto, c'est fini ? Peut-être doit-il attendre demain matin pour remplir son sac et partir dans la foulée, en catimini ? Il ne dira pas au revoir. C'est plus simple que d'être triste.

— T'étais où ? demande Lopin, qui entre brusquement.

— Je traînais dans les couloirs, et toi ?

— Avec Magdalena. J'ai fait un malaise. Elle m'a donné des oranges. Je vais quand même à l'atelier de Lukas. On y va ensemble ?

— Ouais.

En cette fin d'après-midi, les enfants sont attendus en cuisine. Une fois par mois, ils préparent des tartes salées et sucrées avec Lukas, dont ils moquent allégrement l'embonpoint. Lopin promet à Joshua que cette activité est une des meilleures, d'autant que le lendemain, à la cantine, on mange le résultat.

— J'espère que l'autre poule de Maryline ne va pas nous coller, ajoute Lopin.

— Ouais.

— Tu ne m'as toujours pas raconté ce qu'elle t'a dit l'autre jour. Lâche ton secret.

— Rien.

— Elle voulait forcément te dire un truc.

Joshua réfléchit. Lopin lui a posé la question plusieurs fois et, chaque fois, il a évité de lui répondre. Il ne veut pas semer d'indices quant à son potentiel départ, et maintenant que celui-ci est confirmé, il est d'autant plus gêné.

— Allez, raconte.

— Elle m'aime, lance Joshua, qui n'a pas d'autre idée.

— Quoi ?

— Bah ouais, elle est amoureuse de moi !

Depuis que Joshua a pris l'habitude de tricher au loto avec Lopin, il est à l'aise avec le mensonge. Lopin, lui, explose de rire et tape sur l'échelle du lit superposé : être aimé par Maryline, ça craint. Elle est chiante et pas jolie. Il y a six mois, elle avait les cheveux rouges ! Des gars du foyer les lui avaient coupés avec des ciseaux pour l'emmerder. Elle était tellement énervée qu'elle avait ramassé ses mèches par terre, puis les avait jetées dans la tronche de ses détracteurs.

Lopin raconte à Joshua qu'il y a des filles plus belles au foyer. Avant, il aimait Jennifer. Elle a quitté l'établissement. Ils s'entendaient bien. Ils se sont déjà embrassés. C'était un soir, dans la cour, et ça avait bon goût.

— Des fois, ça me déprime qu'elle soit partie, confie-t-il.

— Elle va peut-être revenir.

— Tu lui as dit quoi à Maryline ? Tu l'aimes aussi ?

— T'es fou ! Je l'aime pas !

— Tu m'étonnes, rétorque Lopin en imitant la poule.

Sans se concerter, les deux garçons sortent de la chambre et marchent jusqu'à la salle de jeux. Elle est pleine à craquer. Des enfants âgés de cinq à quinze ans bavardent. La plupart sont assis à même le sol et forment une ronde. Ça cause de l'atelier cuisine qui va démarrer. Joshua et Lopin se joignent au groupe. Tous discutent de ce qu'ils aiment bien manger.

— Moi, des frites bien grasses, comme madame Baker ! dit un jeune garçon.

— Moi, j'aime bien les nachos, dit Cassie.

Joshua se décide à lister les ingrédients préférés des habitants de Saint Helen. Il les connaît tous, il se souvient parfaitement du spectacle préparé par son institutrice madame Gwen et des costumes que ses camarades portaient. Il les décrit un à un en faisant de grands gestes.

— Moi, j'étais un petit pois ! s'exclame-t-il, déchaîné.

Il parle beaucoup. Ce n'est pas son genre, pas dans ses habitudes. Mais il est particulièrement heureux ce soir. Il en fait presque trop, ne prend pas conscience de son exaltation et de tous les regards portés sur lui. Il amuse les copains en racontant qu'un jour, Edgar, son père d'avant, a confondu le sucre et le sel parce qu'il est bête. Il a toussé pendant une heure après avoir mangé des lentilles sucrées ! Lopin se marre, il ne voudrait pas que ça lui arrive, il pourrait mourir ! Tout le monde rigole. Joshua continue sur sa lancée, il dit que si Edgar avait été diabétique comme Lopin, il serait mort ! On rit encore. On imite Edgar en train de crever, étouffé. Benjamin dit qu'il faut prier pour qu'Edgar ait le diabète. Joshua rit tellement que ses abdominaux lui font mal. Il pose ses mains dessus et se plie en deux, des larmes de joie au coin des yeux. Il ne voit même pas que Maryline l'observe, depuis sa position, près de la bibliothèque. Elle l'observe parce qu'elle lui en veut de lui piquer sa place même si elle compte bien la reprendre. Il va lui voler sa vie et elle lui revolera la sienne. Elle gagnera la partie et ils ne se croiseront plus jamais.

21.

Joshua est assis à l'arrière du break. Tania jette des coups d'œil fréquents dans le rétroviseur. Elle se régale. Le garçon n'a pas dix ans et ça se voit. Elle a le sentiment de ramener un petit enfant chez elle, comme dans ses premiers songes, lorsqu'ils étaient encore intacts. Philip, lui, n'est pas là. Il a souhaité se rendre à l'ouverture du championnat de motocross. Tania s'est énervée ce matin. Être absent dans un moment comme celui-ci ! Il fallait récupérer le petit, il le savait.

Joshua demeure circonspect. Il écoute Tania lui présenter le quartier à mesure qu'ils avancent et il essaie de réagir chaque fois qu'elle lui montre un commerce, une rue, un arbre. Il se noie en adjectifs. Il dit que c'est beau, rigolo, joli, cool. Puis il ajoute que c'est esthétique et profond, ce sont des mots que madame Ozan employait souvent, il espère que ça veut dire quelque chose. Il s'exprime un peu fort pour montrer qu'il est là, attentif et content, et parce que parler lui demande de l'énergie. Sa gorge est tordue à cause du stress. Pour être sûr d'émettre un son, il le précipite. Tania glousse chaque fois qu'il dit quelque chose ou qu'elle passe un dos-d'âne, et alors Joshua essaie de glousser avec elle.

Jusqu'ici, tout se déroule bien. Tania attendait Joshua devant le foyer en souriant. Elle était moins maquillée que le jour du défilé et n'avait plus les mêmes cheveux. Joshua ne l'a pas reconnue tout de suite, heureusement que madame Baker l'a escorté jusqu'à elle. Ils ont discuté quinze minutes sur le parking. La patronne répétait qu'il aurait mieux valu se réunir à l'intérieur, mais plus le temps passait, moins il était utile de faire machine arrière. Cette configuration arrangeait Joshua qui craignait de croiser Lopin. Au moins, dehors, il ne risquait rien. Lopin jouait au foot dans la cour, de l'autre côté du bâtiment. Joshua a prétexté qu'il allait le rejoindre mais, au lieu de ça, il est passé plusieurs fois devant l'infirmerie afin de surveiller l'horloge et rassembler ses affaires pour seize heures. Magdalena a surpris son petit manège. Elle n'a pas arrêté de lui faire des clins d'œil.

Maryline n'a pas menti. Le quartier du Mail détonne avec le reste de la ville. Les maisons sont classes et imposantes. Joshua n'était jamais venu sur l'avenue George-Rose ; il n'avait jamais dépassé le garage auto évoqué par Tania au speed dating. Il compte les pavillons. Il y en a bel et bien trente-deux de chaque côté de la voie. Comme prévu, Tania tourne à droite, puis encore à droite. Joshua repère la maison avant même que sa nouvelle mère ne ralentisse. Elle est bleu et jaune, la façade est en bois.

— Bienvenue Joshua ! lance Tania en stoppant la voiture devant le garage. Allez, zou, on descend !

Tania s'extrait du véhicule lentement. Elle prend son temps, des fois que le père Miller sorte de chez lui. Il pourrait remarquer sa nouvelle coupe et le charmant petit garçon qui l'accompagne. Elle récupère le sac de Joshua dans le coffre puis se tortille en direction du porche. Joshua se demande ce qu'elle a. On dirait que son pantalon est si serré qu'il l'empêche de marcher.

Droit comme un piquet, Joshua attend que Tania ouvre la porte d'entrée. L'intérieur est fidèle à la description de Maryline. L'aquarium est énorme et la pièce à vivre exiguë, mais il s'y sent bien. La décoration est plus soignée que chez Edgar et Catherine. Dans la cuisine, Tania ouvre le frigo et présente son contenu à Joshua. Elle a fait des réserves de jus de légumes, il peut se servir quand il le désire.

— À l'étage, il y a la salle d'eau. Et ici, suis-moi, c'est ta chambre.

Joshua entre dans la pièce tout doucement. Maryline a dormi là plusieurs jours. Il grimace en y pensant. Ses yeux divaguent puis se posent sur l'épais matelas, le papier peint rosé, la commode blanche puis la fenêtre carrée. Il fait un tour sur lui-même, vérifie qu'il est seul et que cette chambre est bien la sienne. Il n'en revient pas et hésite à s'asseoir sur le lit. Il faut plutôt qu'il rejoigne Tania et lui parle. Il dépose son sac au sol et répète quelques phrases à voix basse pour se donner de l'élan.

— Ça va, madame ? dit-il en revenant dans le salon.

— Tu peux m'appeler maman. Ou Tania ?

Tania est prudente. Elle ne voudrait pas que les choses aillent trop vite, elle en a déjà fait les frais. Elle réfléchit à ce qu'elle peut bien proposer à Joshua pour qu'ils fassent connaissance tranquillement. Peut-être doit-elle lui parler de ces grosses mouches qu'il adore ? En attendant, elle lui sert un verre d'eau.

— Tiens, ça te fera du bien.

Joshua s'assied à la table de la cuisine. Il attrape son verre des deux mains et boit bruyamment, gorgée après gorgée. Tania le fixe. Ses petits pieds ne touchent même pas le sol. Il est adorable.

— Tu veux jouer à quelque chose ? demande-t-elle.

— On fait une omelette ! s'exclame-t-il, fier de lui.

— Une omelette ? Pourquoi une omelette ?

Tania cherche son air. Elle n'a pas signé pour une copie de Maryline ! Les enfants apprendraient-ils à cuisiner des omelettes au foyer ? Ceci expliquerait cela. Ce soir, ils feront des sandwichs pour le dîner. Elle a ce qu'il faut, pas besoin d'aller au Bigg's.

— Et si on allait plutôt chercher des mouches dans le jardin ?

L'idée plaît à Joshua. Il sort de la maison, rôde sous le porche, épie le toit, la rambarde et les recoins.

Aucune mouche en vue. Il poursuit sa balade, descend les marches, puis emprunte le passage étroit où gît le banc en bois. Une mouche est posée dessus. Il s'approche lentement, la main à plat, et frappe. Il l'a eue ! Il rejoint Tania à toute vitesse, qui l'attend sur la pelouse, et lui montre son exploit.

— Bravo ! approuve-t-elle.

Joshua repart et Tania continue de flâner devant sa maison. Elle caresse des pétales de fleurs en songeant qu'elle devrait très vite s'habituer à cet enfant. Des mouches suffisent à faire son bonheur !

— J'en ai écrasé une autre ! crie Joshua, qui revient près d'elle.

Tania va pour féliciter le garçon une nouvelle fois, mais le père Miller sort de son garage et capte toute son attention. Il porte un sac-poubelle et lui adresse un signe de tête. Instantanément, elle lève une main et la secoue, puis attrape le poignet de Joshua pour qu'il fasse de même. Ensemble, ils font coucou au voisin.

— C'est le père Miller, explique Tania en parlant tout bas. Maryline a failli casser l'épaule de sa fille.

— Ah bon ? C'est qui la fille ?

— Rebecca.

— Je peux jouer avec elle ?

— Continuons d'attraper des mouches, tu veux bien ? Ou alors, on fait un puzzle ?

— OK.

Joshua raconte à Tania que sa mère d'avant prenait des puzzles dans la box de loisirs, sur l'avenue principale. Elle se servait sans rien déposer en échange, alors que le principe, c'est le troc. Tania ne trouve pas ça très civilisé. Elle propose à Joshua de s'installer sur la table de salon et sort un puzzle du buffet.

— Nous voulions te l'offrir avec Philip, mais je ne sais pas à quelle heure il va rentrer.

— Philip construira la table pour jouer ?

— Bien sûr, on lui demandera.

Joshua déballe le cadeau. Le puzzle représente un tracteur. Au magasin, Tania n'était pas très emballée par cette photo ; l'engin lui rappelle le mari de madame Gonzalez. Philip, lui, a trouvé ça rigolo, alors elle n'a pas voulu le briser dans son élan. Joshua aime bien son jouet. En réalité, il n'a pas très envie de s'y atteler, mais il sait que c'est important pour plaire à Tania. Devant les pièces qui s'étalent face à lui, il feint un excès d'enthousiasme. Il passe une heure à les assembler. Il commente ses actions à haute voix. Il dit que *ça rentre* ou que *ça ne rentre pas*. Tania est assise à ses côtés. Elle dit oui, elle dit non. Elle ne pense à rien d'autre, happée par le moment qui s'offre à elle. Le temps file sans qu'elle n'en prenne conscience. C'est le retour de Philip qui la surprend. Elle sursaute quand la porte d'entrée couine. Elle aurait presque oublié son mari tant elle est absorbée par son enfant.

Philip serre la main à Joshua, en bonhomme. Il annonce qu'il va se laver avant le dîner. Il a sué tout l'après-midi en regardant la course de motocross. Trop d'émotions devant Carlos et Ryan, ses compétiteurs favoris. Il racontera leurs performances pendant le repas, il faut d'abord qu'il se savonne.

Tania invite Joshua à la suivre dans la cuisine afin qu'ils confectionnent les sandwichs. Il n'évoque plus l'omelette et regarde Tania manipuler les ingrédients. Elle écrase de l'ail sur le pain puis extrait des tranches de gouda d'un emballage en plastique.

— Tu veux que je fasse un sandwich supplémentaire pour ton goûter à l'école demain ? propose Tania.

Joshua est troublé. Va-t-il vraiment se rendre à l'école le jour de la rentrée avec un sandwich à avaler à la pause ? L'année dernière, il était le seul à ne jamais avoir de collation. Demain, il en aura une. Il n'y croit pas et se pince pour s'assurer qu'il ne rêve pas. C'est madame Ozan qui lui avait appris à faire ça. Elle lui disait que quand les choses étaient belles, on pouvait toujours les vérifier pour les trouver encore plus belles. Alors Joshua continue de se triturer le poignet tout en posant son regard sur celle qui est en train de devenir sa mère. Il voit pour de vrai cette femme qui s'affaire dans une cuisine aux placards bleus, que le soleil trop bas n'éclaire plus à cette heure. Des portes claquent puis se taisent. Des ustensiles s'entrechoquent et retombent. Un silence qui n'en a pas l'air danse dans la pièce. À l'étage, on entend l'eau couler puis courir dans les canalisations. Joshua songe qu'il est en train d'écouter le bruit d'une famille. C'est en tout cas l'idée qu'il s'en faisait. Il voudrait que la scène dure toujours.

22.

— Ah bon ? Avec qui ? Qui l'a adopté ?

— Je ne suis pas en mesure de vous révéler l'identité des nouveaux parents de Joshua, madame Davis, vous vous en doutez bien !

Catherine, d'un ordinaire mou, gigote sur sa chaise. Ses jambes sont croisées et son pied droit tape dans le vide. Madame Baker est surprise par tant de tonus. Elle comprend que Catherine est soucieuse. Elle venait rendre visite à Joshua et voilà que la patronne de la Baker Agency l'a traînée jusqu'à son bureau pour lui annoncer sans ambages que le garçon n'était plus là.

— Vous m'avez l'air contrarié, se permet madame Baker.

— Peut-être que je le suis, oui.

Catherine fixe le sachet de cookies qui dépasse de son cabas posé au sol. Elle a entrepris d'aller chez Jon une nouvelle fois pour faire plaisir à Joshua. Il ne recevra pas ses gâteaux. Est-il bien, au moins, là où il est ? Elle aimerait le savoir. Elle interroge madame Baker plusieurs fois.

— Le couple est charmant et vit dans le quartier du Mail, finit par lâcher madame Baker, exaspérée par l'obstination de sa cliente.

— Ah oui. Le quartier du Mail…

Catherine sait ce que cela signifie. Les nouveaux parents de Joshua sont riches ; certainement des gens bien éduqués et propres sur eux. Qui, à Saint Helen, ignore le caractère rupin de ce quartier ? Qui n'a jamais espéré s'y installer ? Peu de maisons sont à la vente, au grand dam de Catherine. De toute façon, avec Edgar, ils n'auraient pas les moyens. Son époux dépense leur argent n'importe comment ; dans la bouteille et les abonnements télévisés. Elle en a sa claque de lui faire la morale et de gérer les comptes. On lui dit qu'elle est une femme moderne parce qu'elle s'occupe des finances. Ne pas avoir d'enfant aussi la modernise. Ceux qui ne sont pas au courant pour les fausses couches supposent que l'absence de progéniture est intentionnelle. Bien sûr que non ! Comme il doit être facile de se promener sans poussette quand on n'en a jamais rêvé. Pour elle, c'est un calvaire. Mais elle ne contredit pas ceux qui l'applaudissent : il vaut mieux passer pour une femme alignée avec ses choix que fragilisée par ses échecs. En secret, elle sait bien qu'elle ne porte en elle le fruit d'aucune décision. Cela dit, son secret n'en est plus tellement un. Les choses finissent par se savoir, ici. Il a suffi qu'elle parle à quelques amis pour qu'on l'évite un peu plus, comme si elle était contagieuse. Ça devient flagrant. Edgar, lui, on continue de le saluer dans la rue ou de lui taper la causette. Il est plus ennuyeux mais il est moins triste. Et puis on imagine que c'est à cause d'elle, s'il n'a pas d'enfant. Pauvre Edgar ! Alors que ses spermatozoïdes sont peut-être de piètre qualité, mais ça, personne ne l'envisage. Évidemment ! Toujours la faute des femmes et de leur gynécologie compliquée. Elle aimerait bien la connaître, celle qui a réussi à traîner son mari jusqu'au spermogramme.

Madame Baker observe Catherine et attend que celle-ci quitte son bureau.

— Madame Davis ?

— Oui ?

— Autre chose ?

— Non, non, je ne vais pas vous embêter plus longtemps. Je venais voir Joshua mais il n'est plus là.

— Vous l'avez rendu, madame Davis. Vous avez souhaité qu'il ait une nouvelle famille.

— Oui. Je l'ai rendu, vous avez raison. Je n'ai rien à faire ici.

— Sauf si vous voulez adopter un autre enfant ? Dans ce cas, restez ! J'ai ce qu'il vous faut.

— Non, non.

Catherine se lève. Elle va retourner à sa misérable vie. Elle n'a pas d'autres mots. Elle va broyer des légumes pour le potage, retrouver Edgar et sa maison silencieuse.

— Je vous fais un prix, vous êtes déjà dans le circuit ! lance madame Baker, qui flaire une opportunité.

— Je ne veux pas m'occuper d'un autre enfant.

Madame Baker insiste et tourne l'écran de son ordinateur en direction de Catherine. Le portrait de Maryline est affiché en gros plan. Madame Baker ne tarit pas d'éloges à son égard. Une enfant extraordinaire, à l'énergie contagieuse ! Impossible de s'ennuyer. Vient le tour de Lopin. Un garçon robuste, déterminé et imaginatif. Avec lui, on ne s'ennuie pas non plus. Son diabète est tu. Benjamin, quant à lui, est très drôle, même quand il ne dit rien. La patronne bifurque ensuite sur une dizaine d'autres enfants. Catherine est attentive. Elle ne sait pas si c'est par politesse ou véritable intérêt, ou parce qu'il n'est pas désagréable d'écouter madame Baker. Cette femme s'exprime bien. On devine aisément qu'elle vient de l'autre côté des champs. Encore une qui est fortunée.

— Je vais réfléchir.

— Ne loupez pas le coche, madame Davis !

— Le coche ?

— L'opportunité ! L'enfant fait pour vous ! Vous n'en avez pas eu, mais imaginez que vous tombiez sur celui que vous auriez pu avoir ?

Catherine bredouille un merci, attrape son sac et sort du bureau. Madame Baker a prononcé la phrase de trop. L'enfant qu'elle aurait pu avoir, c'était le sien. Un enfant dans son ventre, un enfant qui aurait repoussé les limites de son utérus pour faire son nid. Pas un qu'on chope sur catalogue. Cette madame Baker ne comprend rien, Catherine en a marre d'écouter ses sornettes.

À bout de nerfs, elle emprunte le couloir qui mène à l'extérieur puis rejoint le parking. Elle saisit un cookie qu'elle croque en marchant. Son pas est plus vif que d'habitude et la dose de sucre qu'elle se met dans le cornet lui confère une énergie supplémentaire. Elle trotte jusqu'à sa voiture, considère les arbres dégarnis qui parsèment les alentours du foyer, puis grimpe dans son auto. Une fois assise, ceinture bouclée, elle se questionne. Pourquoi la lumière du soleil est-elle toujours plus jolie en fin d'après-midi ? Pourquoi est-elle si énervée et si triste à la fois ? Elle voudrait faire un tri des émotions qui la prennent en otage. Comprendre pourquoi elle désirait tant revoir Joshua et se trouve déçue de le savoir ailleurs. Comprendre pourquoi elle ne l'aimait pas sous son toit mais se fait croire qu'elle l'aime quand même un peu en dehors.

Au moins, tant que Joshua était au foyer, elle pouvait prolonger l'espoir et tromper la monotonie quelques heures. Elle se racontait l'histoire qui l'arrangeait, une histoire de petit garçon qui lui appartient encore un peu. Mais l'enfant remplit désormais d'autres vies que la sienne. Comment est-ce possible, si vite ? Catherine fixe l'horizon. Ses yeux dépassent la barrière du parking. Le soleil mord une colline au loin et des ombres s'étirent sur quelques bâtiments. Ils deviennent de plus en plus gris, comme sa peine, comme ton teint. Demeurer de la sorte jusqu'à la fin de ses jours, avec Edgar pour unique compagnon, est inenvisageable. Elle va calancher. Et si elle le quittait ce soir, remplissait une valise, traversait les champs et fonçait se réfugier chez sa sœur ? Et si elle ne revenait jamais ? Et si elle se faisait tatouer ? Voilà longtemps qu'elle tourne autour de l'idée. Des lys sur le bras droit ou un cœur en bas des reins ? Edgar dit des tatouages qu'ils sont vulgaires. Mais on s'en fiche d'Edgar. Edgar a des avis sur tout, mais il ne fait rien. Elle pourrait prendre la route jusqu'au salon de tatouage, elle pourrait s'acheter un billet d'avion et se barrer sur une île paradisiaque avec le reste de ses économies. Elle pourrait aussi retrouver Joshua et le mettre dans son bagage. Mais elle n'a même pas obtenu le nom de ses nouveaux parents. Qu'à cela ne tienne, elle n'a qu'à faire un tour dans le quartier du Mail, tiens. Il n'est pas si vaste, après tout. Il fait quoi ? Cinq kilomètres carrés, à tout casser ? Que des bourges entassés là-dedans, des personnes heureuses qui exhibent leur pouvoir d'achat sans penser que le reste de la ville les envie. Elle les déteste. Ils lui ont piqué ses rêves, tout ça parce qu'elle est tombée sur Edgar, un type incapable de l'aimer, de la faire vibrer, de la faire jouir, un type avec un poil dans la main, qui n'a jamais eu d'ambition, ni goûter à l'effort. Un type qui passe son temps à boire et à bouffer.

Il lui arrive fréquemment de se trouver idiote, mais elle sait combien son mari est encore plus sot. Elle a un minimum d'esprit pour s'en sortir et elle s'en sortira. Elle démarre son véhicule. On verra bien de quoi l'avenir sera fait. Pour l'heure, elle s'en fout du Mail ; Joshua est sûrement retourné à l'école, et l'école, elle sait exactement où elle est située.

23.

Assis sur un banc, Joshua dévore son sandwich dans la cour de récréation sous le regard ému de madame Gwen, son institutrice, qu'il retrouve enfin après deux mois d'été.

— On va devoir refaire la pièce de théâtre des légumes ? Je ne veux pas que mes nouveaux parents me voient en petit pois, dit-il, soucieux.

— Je ne sais pas, Joshua ! L'année reprend à peine ! Mais je te promets de te confier un super rôle. On choisira ensemble.

— Vous pouvez m'aider à écrire une lettre ?

Joshua tient à envoyer un courrier à Lopin pour lui présenter ses excuses et lui dire au revoir. Il a toujours le stylo de Magdalena, mais il ne trouve pas les mots pour s'en servir. Madame Gwen lui demande ce qu'il ressent afin de l'aider. Il se confie, raconte les minibus dans la chambre, les jeux dans la cour et la triche au loto. Il parle de Benjamin, de la petite Cassie, de Magdalena et de la grosse Baker. Il mentionne même Maryline avec ses pansements. Il fait de grands gestes pour représenter sa longue natte. Puis il décrit Lopin, son copain qui ne se plaint jamais de rien. La voix de Joshua s'efface quand il évoque le jour de son départ et son sac bouclé en cachette. Madame Gwen est touchée, elle contient un geste affectueux et lui propose quelques formules pour écrire sa lettre avant d'être appelée par un autre enfant.

Joshua essaie de les mémoriser tandis que Tom et Tony, deux frères avec qui il jouait souvent l'année dernière, lui jettent une balle de tennis pour l'alpaguer. Joshua la rattrape et l'envoie contre le mur. Elle rebondit, et les garçons continuent de se la renvoyer chacun leur tour.

— T'as fait quoi cet été ? questionne Tom.

— Mes parents m'ont rendu.

— Les deux moches ?

— Ouais.

— Mais t'en as d'autres maintenant ?

— Oui, c'est bon. Et vous, vous avez fait quoi ? rétorque Joshua, avec le bras qui s'élance.

— Deux semaines chez notre tante. Après, on est allés dans un camp pour faire des activités sportives.

— Piscine et escalade, commente Tony, le cadet.

Joshua répond que c'est génial mais, en réalité, il les écoute à peine. Il est toujours concentré à se répéter les mots de madame Gwen. Il passe la dernière heure de cours à réciter mentalement la lettre qu'il va rédiger. Il ne suit pas la leçon et lutte contre des pensées intruses qui lui chantent que la jolie vie ne dure parfois qu'une journée. Il n'a que neuf ans mais il le sait très bien. Certains matins, on se réveille avec toute la joie du monde, on se couche avec elle et, le lendemain, c'est étrange, elle a disparu. Ça arrivait tout le temps à Catherine. Elle avait le bonheur éphémère. Il a peur d'en avoir hérité. Madame Ozan l'avait prévenu : nos parents nous constituent, le hasard est tel un accident. Elle lui disait qu'il allait se construire un peu comme elle ; dans le silence. Il serait un taiseux, un garçon pas content au milieu du monde, mais un garçon heureux avec lui-même. À son avis, pourquoi lisait-elle l'actualité tous les jours sans jamais mettre le nez dehors, sans jamais se confronter aux tumultes de la rue ? Parce que de l'existence, ce qu'elle préférait, c'était bien le concept. Elle voulait que Joshua le sache, qu'il comprenne que la seule chose qui vaille, c'est de vivre avec soi. La vie n'a jamais fait ses preuves. « À part ton cœur qui bat, que sais-tu vraiment du reste ? » demandait-elle parfois. Il fallait qu'il apprenne à compter sur lui.

Elle avait ajouté qu'un jour, s'il avait d'autres parents, ils déteindraient sur lui, et que ça ferait peut-être un beau mélange. Joshua serait alors le fruit de plusieurs adultes. Il n'avait pas compris qu'elle le préparait à une suite qu'elle connaissait déjà.

Devant la page d'un cahier qu'il ne noircit pas, Joshua songe de nouveau à Catherine, à son inaptitude au bonheur, puis se demande ce qu'il gardera de Tania si elle reste sa mère. Il ne la connaît pas encore. Il n'a rien vu. Peut-être qu'elle ne l'attend pas à la sortie de l'école. Il a peut-être rêvé la soirée de la veille et la belle maison, même s'il s'est pincé très fort. Peut-être que Tania n'existe pas, pas plus que le bruit de la famille, les pastilles bleues pour les poissons, la grosse voix de Philip. Parfois, il se dit qu'il devrait inventer des parents dans sa tête, pour qu'ils soient toujours avec lui. Enfin non, puisque dans sa tête, il y a déjà madame Ozan et qu'elle est toujours assise au même endroit dans le même fauteuil.

Une sonnerie le libère de ses pensées. Il enfile son sac à dos et sort de la salle de classe à toute biture. Dans la cour, sa casquette manque glisser. Il poursuit son chemin une main sur la tête et double des enfants qui marchent au ralenti. Tom et Tony se moquent de sa vitesse. « T'as le feu au train ou quoi ! » qu'ils disent. Joshua les snobe. Il doit savoir, il doit rejoindre le portail. Quand enfin il le franchit, la silhouette de Tania lui apparaît. Il peut freiner. Il n'a plus besoin de courir après la réalité : sa mère est venue. Elle porte une jolie robe fleurie, du rouge à lèvres mat et de grosses lunettes de soleil noires. Elle l'attend au milieu d'autres parents, à qui elle adresse des sourires amicaux. Quand Joshua arrive à sa hauteur, elle l'embrasse. Elle sent le parfum à la rose.

— Comment s'est passée ta première journée, mon Joshua ?

— Le sandwich était bon.

— Génial. Allons chez Bigg's ! Acheter quelque chose pour le dîner qui nous ferait plaisir à tous les trois, qu'en dis-tu ?

— Une omelette au lait ?

Voilà qu'il recommence avec ça ! Tania ignore son propos. Elle rétorque qu'elle a pensé à des tacos. Joshua est partant pour des tacos qui piquent. Tania récupère son sac et le flanque sur son épaule droite. D'un pas synchrone, ils se dirigent vers le break. Des voitures manœuvrent, des enfants se dispersent et des parents s'agenouillent. Au milieu de cette agitation, Tania se sent bien. Elle découvre une mélodie qu'elle a déjà hâte de réécouter. Être heureuse, n'est-ce pas écouter en boucle le tube de sa vie ?

À quelques mètres de la scène, dans une voiture sale, Catherine est là, qui l'observe. Elle peste seule. Cette mère est tout ce qu'elle n'a jamais été ! Elle le voit bien. C'est flagrant. Elle est élégante, elle parle avec Joshua. Il porte son éternelle casquette et le sweat qu'elle lui a offert ! Elle se revoit au centre commercial de Port Blue, de l'autre côté des champs, dans cette boutique aux promotions alléchantes. Elle avait tant hésité sur la couleur et la taille du pull. Le vêtement était légèrement trop grand quand Joshua l'avait découvert, et voilà qu'aujourd'hui, il dévoile ses poignets.

La douleur de Catherine se mue en colère. Elle pourrait crier, comme chaque fois qu'elle se sent démunie, sans la moindre idée du moindre remède pour endiguer sa peine. C'est grâce à elle si cette femme connaît Joshua aujourd'hui ! La vie lui en veut-elle ? La réponse est sous ses yeux. Joshua est devenu une fausse couche comme une autre, un avortement dans son ventre. Comment a-t-elle pu ne pas mesurer la chance qu'elle avait ?

Comment, en neuf mois, a-t-elle pu décréter qu'il n'était pas le bon enfant ? C'était si prématuré de sa part ! Elle cligne des paupières pour mieux distinguer Joshua et sa mère. Au milieu du parking de l'école, la bouche du garçon est en mouvement, lui qui était incapable de mener une conversation. Il fait coucou à des amis. Une trace de maquillage a marqué sa joue, résultat d'une embrassade maternelle. Catherine se mord la lèvre inférieure tout en continuant de les épier. De quoi peuvent-ils bien discuter ?

Ils montent dans un break, qui effectue une marche arrière. Catherine embraye. Elle ne sait pas pourquoi elle se décide à les suivre, mais elle y va. La voiture quitte les lieux et emprunte l'avenue principale. Elle tourne à droite, passe devant le salon de Béthanie et une quincaillerie. Elle file ensuite à toute allure jusqu'au quartier de Philadelphie, s'échappe dans une ruelle, accède à la rue qui mène au Bigg's puis s'engouffre sur le parking du supermarché en donnant un coup de pneu sur une bordure. Nous y voilà. Des courses ! Elle aussi emmenait Joshua faire des courses.

Catherine se gare à l'écart. Les roues de sa voiture empiètent sur la ligne jaune marquée au sol. Elle s'en fiche, elle est pressée. Elle claque sa portière et suit la mère et son fils qui, main dans la main, passent les portes du magasin. Elle plisse les yeux pour discerner leurs achats. Ils s'emparent de galettes de maïs, de poivrons émincés, de viande hachée premier prix et d'enveloppes. De la correspondance ? Les riches rédigent des courriers ! Catherine se cache entre les rayons et saisit quelques produits au passage, dans le cas où on la repérerait. Tania et Joshua, eux, achètent du Tabasco. Elle les talonne encore, décrypte des étiquettes, attrape plusieurs fromages.

Soudain, près des packs de lait, Joshua l'aperçoit. Il pousse un cri, tend son doigt :

— Ma mère !

— Quoi, ta mère ? demande Tania.

— C'est ma mère !

Tania panique. De quoi cause le gamin ? Elle se retourne et ne voit rien. Le carré blond de Catherine vient tout juste de s'évaporer. Joshua s'élance. Il s'élance à sa recherche pour s'assurer de ce qu'il a vu. Il sait combien Catherine se transforme parfois en ombre. Elle disparaît sur commande, se fond dans le paysage, se volatilise quand on l'appelle. Alors il court. Il court très vite et effectue un dérapage à une intersection, près d'un caisson de chips. Tania se presse derrière lui, hébétée. Son léger surpoids l'empêche de le rattraper. Elle interpelle le petit pour qu'il revienne. Il n'obéit pas mais finit par s'arrêter, à bout de souffle.

— Qu'est-ce qui te prend ?

— J'ai vu Catherine !

Tania comprend enfin. Elle connaît le prénom de la précédente mère de Joshua. Pourquoi se met-il dans cet état ? Et surtout, pourquoi a-t-il dit qu'elle était sa mère ? Elle est vexée. Elle cramponne le bras de son fils, vérifie les alentours et lui demande de se dépêcher. Il faut aller à la caisse maintenant. Les bouteilles d'eau attendront. « On boira celle du robinet, même si ça donne la courante à ton père ! », qu'elle lance. L'ambiance se refroidit. Joshua essaie de demander pardon, mais on ne lui a guère appris à se confondre en gentillesse. Il trottine derrière Tania qui marche d'un pas militaire. Elle jette leurs achats sur le tapis, ne salue pas le caissier, remplit un chèque à la va-vite et sort du supermarché comme une furie.

Ils montent dans le break en silence. Tania s'est fermée. Une barre la tiraille sous les seins. Elle ne dit rien, tourne les clés et prend la route pour la maison. De son côté, un peu plus loin, Catherine actionne aussi son moteur, essoufflée et un peu honteuse. Elle a retrouvé Joshua. Elle n'y croit pas ! Le duo mère-fils flânait dans les rayons, le pas léger et l'air heureux. Catherine aurait tant aimé inverser les rôles. Mais quand Joshua l'a aperçue et a couru vers elle, elle a fui. Dans la panique, elle a laissé son caddie en plan pour courir à son tour. Elle ne savait pas quoi faire. Saluer Joshua ? Feindre le hasard ? Faire un signe poli à cette femme qui l'accompagnait ? Ridicule. Elle ne vit pas dans le quartier du Mail, mais elle ne manque pas d'éducation ni de dignité.

Catherine laisse le break s'éloigner, qui disparaît sur l'avenue jusqu'à devenir un minuscule point au loin. Les voilà hors de sa vue. Elle accueille le calme qui revient. Pourquoi aime-t-on les gens que d'autres convoitent ? Madame Baker n'a rien compris au business. On veut les enfants des autres, pas les enfants qui n'appartiennent à personne.

24.

Tania s'est rapidement remise de l'incident qui a eu lieu hier au supermarché. Elle a tout raconté à Philip tandis que Joshua était occupé à gratter la terre dans le jardin pour y enterrer des mouches. Son mari lui a fait entendre que le petit n'avait rien fait de mal. Avoir aperçu son ancienne mère et prétendu qu'elle était sa mère, quoi de plus normal quand on est un enfant tout le temps adopté ?

— Il peut bien disjoncter ! s'est exclamé Philip. Toi aussi, tu disjonctes souvent ! Vous vous ressemblez ! Telle mère, tel fils !

Philip aime bien le môme, ça se sent. Il en parlait avec beaucoup de psychologie. Tania était étonnée et particulièrement touchée. Il s'investit. Il est un autre homme. Rien à voir avec la période Maryline. Comme quoi, c'est l'enfant qui fait le père ! Elle a bien fait de discuter avec Philip à chaud. Ils ont pu passer une très bonne soirée ensuite. Les tacos étaient succulents. Joshua croquait dedans à pleines dents pendant que son père dévoilait un scoop : un nouveau centre commercial va ouvrir à Saint Helen ! L'entreprise qui l'embauche a été sollicitée pour les travaux.

— Il y aura des magasins de vêtements et une salle de jeux d'arcade. On va avoir du boulot !

— Super ça, mon Philip, a commenté Tania.

— Ce sera vers le gymnase, à la place de l'usine de glaces à l'abandon. Tout là-haut, après la rue de l'Enfer, a précisé Philip.

L'évocation du gymnase a laissé planer un silence.

— C'est génial, hein, Joshua ? a relancé Tania.

Joshua a acquiescé puis a posé une ribambelle de questions à Philip sur le motocross. C'était agréable. Parfois, son nez coulait à cause du piment alors il était obligé de se taire ! Tania lui a offert un joli mouchoir en tissu qui est devenu son mouchoir attitré.

En cette fin d'après-midi, elle sourit seule en repensant à la veille au soir et à ce dîner réussi. Accoudée à la rambarde du porche, elle ne se lasse pas d'observer son fils qui joue sur la pelouse avec Rebecca. Ils sont rentrés de l'école il y a quelques minutes à peine et Joshua a fait la connaissance de la voisine. Ils ont l'air de bien s'entendre. Ils sont tous les deux assis en tailleur près des boîtes aux lettres. Rebecca parle beaucoup. Elle raconte à Joshua qu'elle est née dans sa maison, à croire qu'elle adore partager le récit de sa naissance. Elle en est fière, parce que sa mère l'est. Elle l'est d'avoir mis bas dans son salon, accrochée à une corde que le père Miller avait suspendue au plafond pour l'occasion.

Tania n'accouchera jamais chez elle, lovée à une liane, telle une aventurière dans sa jungle. Elle n'accouchera jamais tout court. Mais elle est mère. Elle se le répète. Elle est mère ! Ne lui avait-on pas dit que les enfants arrivaient toujours quand on ne s'y attend plus ? Elle signera bientôt et officialisera son statut. Catherine n'est qu'un fantôme du passé. Le présent, c'est elle. Le présent s'appelle Tania ! On dirait un slogan ! Il lui plaît.

— Tu veux écrire sur mon plâtre ? demande Rebecca, qui donne un feutre à Joshua, tout droit sorti de la poche avant de sa salopette.

Le garçon s'en empare et dessine des petits points. Rebecca voit des boutons mais Joshua lui promet que ce sont des puces qui vont sauter.

— C'est Maryline qui t'a cassé le bras ?

— Tu la connais ?

— Elle est prétentieuse. Est-ce que tu veux chasser des mouches avec moi ?

Rebecca est d'accord. Joshua se lève et lui tend une main pour l'aider à se mettre sur ses deux pieds. Ensemble, ils se dirigent sur le côté de la maison. Quand ils passent près de Tania, elle songe qu'elle emmènera bientôt son fils chez Béthanie, sa frange est trop longue. Mais quel visage ! Il est beau, son garçon.

Elle porte encore une robe aujourd'hui. Une fleurie avec un col rond. Depuis que Joshua est là, elle prend plaisir à s'habiller le matin et à enfiler des vêtements colorés. Elle se sent belle. Tout à l'heure, le père Miller a passé une tête à l'extérieur pour surveiller sa fille et Tania a lancé le bonjour le plus assuré de sa vie. Elle n'en revient toujours pas. La présence de Joshua assainit l'air qu'elle respire. Elle ne suffoque plus au soleil, ne se gèle plus à la nuit tombée, ne frissonne plus d'attendre qu'il se passe enfin quelque chose dans son quotidien. La brise de cette fin de journée est d'une parfaite justesse, qui lui évoque la naissance d'un printemps. C'est elle qui est en pleine renaissance après toutes ces années à courir après la maternité. Elle n'aurait jamais cru avoir un garçon, ni même vouloir un garçon. Peut-être parce qu'elle aimait se rappeler l'enfant qu'elle était ? Une mignonne petite fille. Elle a conservé une photo d'elle avec ses parents, et cette photo lui inspire le modèle d'une famille heureuse. Elle a toujours pensé qu'elle le reproduirait, même si son père a fini par faire ses valises. Après son départ, la vie s'est montrée moins clémente. Sa mère est devenue distante, comme engluée dans un drôle de malheur. Elle en voulait à Tania, prétextait qu'elle y était pour quelque chose. Il arrive encore à Tania de se demander si c'est vrai. Son père semblait pourtant pressé de la retrouver un week-end sur deux. Elle se pose d'autant plus la question qu'il lui paraît désormais évident que les enfants font le bonheur des grands. Joshua la rend tellement joyeuse !

Émue, elle se redresse, s'étire et descend les marches du porche. Elle ôte ses claquettes et avance sur la pelouse. Des brins d'herbe lui chatouillent les chevilles. Si elle n'avait pas trente-huit ans, elle s'étalerait sur le tapis vert de son jardin et prendrait une grande inspiration avant de tomber dans le bleu du ciel. À défaut, elle reste debout, épie la rue, goûte le calme. La vieille Gonzalez soulève son rideau puis s'évapore. Tania lui adresse un signe de la main qui n'atterrit nulle part. Une voiture passe à faible allure et quelques oiseaux volent gaiement, parfois seuls, parfois en masse.

Dans ce décor paisible, le pick-up de fonction de Philip se gare devant la maison. Philip s'en extrait et parcourt les quelques mètres qui le séparent de sa femme pour la saluer. Il dépose des baisers humides dans son cou. Son épouse est la plus jolie de Saint Helen. Il est excité par sa peau chaude et généreuse, son sourire confiant et son parfum floral des bons jours. En serrant plus fort son corps contre le sien, il a le sentiment d'avoir réussi ce qu'il croyait pourtant impossible : lui offrir une famille. Une bosse se forme dans son pantalon.

Tania lui empoigne la main et le conduit sur le côté de la maison. Rieur, il lui demande quel est le projet. Il n'a pas le temps de rêvasser qu'elle lui désigne Joshua installé aux côtés de Rebecca. Dressé derrière sa femme, il jette un œil rapide à la scène, déplie un doigt et caresse les omoplates de sa chère et tendre, dont le dos est découvert. Il poursuit le chemin jusqu'à ses hanches avant d'ouvrir ses paumes sur son pubis.

— J'ai très envie de toi, susurre-t-il à son oreille.

Tania demeure silencieuse. Les mains affamées de son mari ne lui font aucun effet. Ce qui lui importe, c'est le spectacle qui se joue devant elle. Elle pourrait pleurer de joie.

— Regarde-le.

— Je le vois, ma chérie. Je le vois.

— Toi aussi, tu as l'impression qu'il a une petite sœur ?

25.

— Ça va, mon Joshua ? demande Tania, un œil dans le rétroviseur.

Un doux soleil matinal envahit l'habitacle. Tania conduit en direction de l'école. Joshua, assis à l'arrière de la voiture, n'est pas réveillé. Il n'arrête pas de se frotter les yeux. Il les a ouverts à l'aube à cause de son père, qui, d'une forme olympique, faisait du boucan dans le garage. Philip a décidé d'inviter son frère, sa femme et ses enfants, à venir déjeuner dimanche, puis il s'est mis en tête de kärcheriser la terrasse avant de partir au travail. Tania n'est pas du tout emballée par l'idée de recevoir son beau-frère, même si elle admet qu'elle pourra découvrir le comportement de Joshua en société. Elle conserve un goût amer du déjeuner avec Maryline et sa mère. D'ailleurs, elle n'a toujours rien dit à cette dernière, par superstition peut-être. Cette fois, elle préfère garder son enfant sous silence et annoncer sa présence quand elle aura définitivement signé. Mais que le frère de Philip soit au courant avant sa propre mère est un peu dérangeant. Ce n'est pas vraiment dans l'ordre des choses. Sur l'échelle des gens importants, la mère de Tania passe tout de même en premier ! Elle est bourrée de défauts, certes, mais elle reste sa mère. Tania est embêtée à l'idée de présenter quelqu'un d'autre à son fils. Il n'a pas besoin de rencontrer son oncle aussi vite ! Bon, au moins, Philip pourra négocier les clés du chalet pour les vacances d'automne. Tania sait très bien que son mari n'oublie jamais d'accueillir son frère aîné pour de bonnes raisons.

Derrière elle, Joshua ouvre la fenêtre de la voiture. Ses yeux fixent le trottoir qui défile.

— Tu penses à quoi ? À ton vélo ? J'en suis sûre ! relance Tania.

— Oui, à fond, ment Joshua.

Hier, après que Joshua a fini de jouer avec Rebecca, ils se sont rendus au magasin de vélos, de l'autre côté des champs. Philip s'est montré force de proposition. La famille disposait de deux heures avant la fermeture de la boutique. Joshua était enjoué. Il n'était jamais sorti de Saint Helen. Tania n'y croyait pas. Durant le trajet, il est resté silencieux tant il était happé par le paysage. Des champs, des champs, encore des champs. À perte de vue. Quand ils sont arrivés dans la grande ville, les yeux du petit clignotaient. Ce qu'il découvrait était incroyable. Des immeubles vitrés et un ciel plus haut qu'à Saint Helen ! Il collait ses mains à la vitre, désormais couverte de traces.

Au royaume des bicyclettes, la famille a pris conseil auprès d'un vendeur dans le but de lui acheter un vélo. Mais pas tout de suite : d'abord, on amasse un petit pécule, a avisé Philip. Joshua a grimpé sur plusieurs modèles afin de choisir son préféré. Philip a noté la référence et a promis de revenir l'acheter dans trois semaines. Tania a hâte de ressortir le sien du garage afin qu'ils pédalent tous les deux. Au dîner, elle a listé les balades possibles à Saint Helen. Joshua s'imaginait déjà descendre la rue de l'Enfer à toute vitesse. Ils ont bien rigolé.

Mais ce matin, il ne pense déjà plus à son cadeau ; seulement à madame Baker. Il appréhende sa visite. La patronne doit venir cet après-midi, après la classe, pour faire un point. Il craint qu'elle le récupère comme elle a récupéré Maryline. Depuis son réveil, il ne peut pas s'empêcher d'imaginer le pire des scénarios. Il essaie de se rassurer : hormis le mécontentement de Tania au supermarché, celle-ci a l'air de bien l'aimer. La preuve, dans la voiture, elle n'arrête pas de se retourner pour lui parler. Elle vient même de griller le feu.

— Pourquoi t'es passée au rouge ? questionne Joshua.

— Comment ça, je suis passée au rouge ?

Tania est confuse et ralentit. Elle n'a pas fait attention. La faute à son agitation mentale : elle hésite quant à la marinade pour les viandes. Satisfaire la femme du frère du Philip est toujours compliqué. Elle est exigeante. Mais ce que Tania déteste le plus chez elle, c'est le genre qu'elle se donne, avec sa prétendue philosophie de vie. Cette Anastasia adore les grands préceptes et n'émet que des banalités. Un jour, elle avait dit à Tania qu'il était impossible de mesurer le bonheur de la parentalité tant qu'on ne l'expérimentait pas, puisque celui-ci dépassait tout entendement. Le plus étonnant, avait-elle ajouté, c'est qu'une fois vécu, les mots manquent pour le décrire. Le vrai bonheur ne se raconte pas, n'est-ce pas à ça qu'on le reconnaît ? Foutaise. Tania avait eu envie de lui répondre que tant qu'on n'a pas connu d'obstacle à la procréation, on demeure trop bête pour respecter ceux qui en souffrent. Évidemment, elle s'était tue. Ses pensées franchissent rarement ses lèvres. Elle sait qu'elle est trop gentille. Même si elle rembarre à merveille les démarcheurs téléphoniques et s'énerve avec facilité contre ceux qui la doublent à la caisse, elle perd de son caractère quand il s'agit de ses proches. Bien sûr, il serait faux de dire qu'elle est proche d'Anastasia, mais par respect pour Philip et son frère, elle préfère rester à sa place et acquiescer. Comme c'est épuisant.

Il faut qu'elle se sorte de là. Elle doit reporter ce déjeuner, elle n'a pas envie de les voir. Présenter Joshua à Anastasia est dangereux. Tania ne supportera pas que le petit ne soit pas apprécié. Elle refuse de prendre le risque d'être déstabilisée alors même qu'elle se situe présentement sur la pente ascendante de l'amour. Quelle fantastique matinée à quelques heures de la visite de madame Baker pour asseoir sa nouvelle vie ! Ce n'est donc pas le moment de recevoir des critiques ou des conseils, ni de sentir que Joshua est jaugé. À l'inverse, Tania ne voudrait pas non plus qu'on la flatte. Elle craint qu'on soit content pour elle, d'autant plus que sa belle-famille la regarde comme la faiblesse du couple, celle par qui la malédiction de l'infertilité frappe et persiste ; Philip n'a jamais osé avouer que le problème venait de lui. Il a proposé un pacte : dire que Tania et lui sont conjointement responsables. Tania n'a pas su dire non. La belle affaire ! Maintenant, la famille de Philip imagine un mensonge uniquement destiné à la protéger. Raison pour laquelle elle redoute d'autant plus leurs compliments. Elle sait très bien que ce genre de politesses prend racine dans la pitié. A-t-elle vraiment envie qu'on la félicite d'être devenue mère en sachant qu'on a de la peine pour elle ? A-t-elle vraiment envie qu'on feigne de l'admirer alors même que Joshua est un enfant adopté de neuf ans déjà ? Voilà, elle commence à se flageller et à remettre en question sa réussite ! Il lui suffit donc de penser à sa belle-sœur pour douter ! Anastasia gâche toujours tout. Ils n'iront pas à l'automne ! Chacun sa vie ! Tout ça l'énerve à un point ! Elle souffle un grand coup et freine devant un panneau stop.

— Regarde mon Joshua, je suis prudente ! Excuse-moi encore, j'avais la tête ailleurs, je suis un peu irritée.

— Parce que madame Baker va venir ? demande le garçon, qui n'envisage pas d'autres sources de contrariété que la sienne.

— Non, à cause de ton père. Il veut inviter son frère à manger dimanche et je n'en ai pas envie. Tu en as envie, toi ?

— Comme tu veux.

— Tu rencontreras tes cousins plus tard. Des jumeaux. Deux pour le prix d'un !

Tania n'est pas plus à son aise quand elle pense à cette paire d'enfants agités qui prend une place démesurée au milieu des adultes. On ne peut pas tenir une conversation sans que leurs parents les laissent intervenir. Pour raconter des choses idiotes, en plus ! Enfin, des choses de leur âge. Mais ils ne sont pas très futés, il faut dire ce qui est.

— Tu ne manques rien, tu sais, dit-elle à Joshua.

Elle le regarde et pense qu'il est tellement doux et mignon qu'elle peut bien se confier à lui.

— Ça reste entre nous, mais je les trouve un peu benêts, poursuit-elle.

— C'est parce que les enfants normaux sont bêtes.

— Les enfants normaux ?

— Ceux qui ne sont pas adoptés.

— Tu as raison ! Tu te rends compte, ils ne savent même pas lire l'heure à sept ans !

Joshua baisse les yeux sur ses genoux. Sa mère tourne sur le parking de l'école puis se gare à la va-vite. Elle sort du pick-up et ouvre la portière de Joshua pour le faire descendre à son tour. Il pose les pieds au sol sans lever la tête vers sa mère, place son sac sur ses épaules et agrippe nerveusement les lanières de ses deux mains. Tania l'embrasse sur la joue puis déchausse ses lunettes de soleil pour le regarder partir.

— Allez, zou. À tout à l'heure ! En attendant, promis, je ne grille aucun feu rouge, je suis une maman exemplaire.

Et une petite part d'elle s'autorise à le penser.

26.

Joshua a passé la journée à côté de ses baskets. Il n'a parlé à personne, il n'en avait pas envie. Il a évité Tom et Tony autant qu'il a pu. Il avait hâte de quitter l'école, même s'il savait très bien que le retour à la maison sonnerait la visite de madame Baker.

Dans la cuisine, il avale le sandwich qu'il aurait dû manger à la pause, sauf que tout à l'heure, il avait le ventre noué. Il n'a toujours pas d'appétit mais Tania lui a demandé de faire un effort et de prendre son goûter. On ne gaspille pas la nourriture, qu'elle a dit. Depuis, elle n'arrête pas de lui tourner autour et de passer l'éponge sur la table pour rassembler les miettes qui tombent de sa bouche. Ça énerve Joshua qui mastique de plus en plus lentement. Il a l'impression de la déranger.

— Tu sens le produit ? C'est la terrasse ! Philip l'a bien astiquée, dit-elle en écartant les narines.

— Ça sent fort.

— Je suis sûre que madame Baker va apprécier l'odeur du propre, commente-t-elle en s'asseyant à côté de son fils.

Elle souffle et rabat ses paupières un instant, comme si elle avait besoin de décompresser. Il faut dire que cette histoire de beau-frère lui tape toujours sur les nerfs. Joshua la dévisage en silence. Elle a des joues épaisses. Si Lopin était là, ils rigoleraient ensemble. Cette pensée lui inspire un sourire qui l'apaise. Il déteste cette journée, il aimerait qu'elle n'existe pas, ou bien qu'elle file à toute allure et se termine comme par magie. Si seulement madame Baker était déjà repartie ! Il pourrait souffler et dormir.

— Allez, debout, je vais passer le balai, tu en as mis partout ! On n'est pas dans la cour de récré, ici ! taquine Tania qui semble sortir de son bref repos.

Joshua recule sa chaise et se lève. Son regard se pose sur l'horloge.

— Il est dix-sept heures pile ! s'exclame-t-il.

Il aimerait que Tania réagisse. Elle pourrait remarquer qu'il parvient à lire l'heure, lui, contrairement aux jumeaux idiots dont elle parlait ce matin.

— Oui, madame Baker ne va pas tarder, tu connais sa ponctualité, rétorque-t-elle.

Joshua est frustré. Sa mère ne voit que le désordre. Il quitte la cuisine en la laissant faire le ménage. Il faut qu'il aille se préparer. Devant l'aquarium, il lâche une bille dans l'eau et écoute le bruit d'infusion qui lui évoque les aspirines de la patronne. Des milliers de bulles pétillent. On dirait qu'elles sortent tout droit de la bouche des poissons. Joshua les contemple un instant avant de filer dans sa chambre.

Devant le miroir, il ferme son sweat jusqu'au cou, s'examine et sourit pour se donner de l'assurance. Des épis rebiquent autour de ses oreilles. Il leur tape dessus pour les aplatir. Une fois, deux fois. Rien n'y fait. Il ôte sa casquette, replace ses cheveux, remet sa casquette. Il recommence à plusieurs reprises jusqu'à se trouver acceptable. Au même moment, la voix de madame Baker colonise le salon et l'oblige à quitter son poste. Il ne s'attendait pas à ce qu'elle arrive si vite.

— Bonjour, Joshua ! lance-t-elle en le voyant.

— Joshua, s'il te plaît, ta casquette. Pas à l'intérieur, pas pour accueillir madame Baker, enfin ! corrige Tania.

Tania remue une main dans le vide ; elle soulève une maigre masse d'air afin d'encourager Joshua à quitter son couvre-chef. Il n'en a pas envie. C'est sa casquette. Il la porte tout le temps et Tania ne dit jamais rien. Maintenant, elle fait des manières parce que madame Baker est là. Pourquoi devrait-il obéir ? Il s'est fait beau. Il ne cédera pas. Mais Tania reprend : « Pas de casquette à l'intérieur, s'il te plaît Joshua. » Elle le fixe avec insistance. Elle croise les bras. Elle attend.

Madame Baker l'imite. Les deux femmes, à la même allure imposante, lui font face. Plus personne ne parle. Le silence est entier, révélant le bruit d'une voiture qui ronronne à l'extérieur. Joshua comprend que madame Baker n'a pas coupé son moteur. Il est toujours en marche parce qu'elle va l'arracher d'ici et le mettre dans son pick-up. Dans moins de deux minutes, il sera sur la banquette arrière et le pot d'échappement pétaradera sur l'avenue principale. Il va se retrouver au foyer comme cette poule de Maryline ! La panique le gagne. Il sent ses tempes battre contre sa casquette trop petite. Il se dit qu'il n'a plus le droit d'hésiter, il doit jouer les gentils garçons. Résigné, d'un geste qu'il ne contrôle pas, il la flanque au sol en grimaçant.

— Joshua ! Tout doux ! Ce n'est pas une façon de recevoir notre chère madame Baker ! s'énerve Tania en tripotant ses ongles.

Encore un reproche. Joshua en a marre des reproches. Sa mère voulait qu'il mange son sandwich, il l'a mangé, elle voulait qu'il enlève sa casquette, il l'a enlevée, alors pourquoi n'est-elle toujours pas contente ? Il voudrait être le garçon qui convient, pas celui qui ne convient jamais. Il voudrait être le garçon que l'on défend, pas celui qui doit faire ses preuves. Une vague de colère se dessine sur ses joues. Elle entraîne avec elle quelques larmes. Il rougit et donne un coup de pied dans sa casquette.

— Mais enfin, mon Joshua, qu'est-ce que tu as ? Calme-toi ! poursuit Tania.

Au-dehors, le moteur ronfle toujours. Joshua plaque ses mains sur ses oreilles pour effacer le bourdonnement incessant qui assaille son cerveau et alimente sa peur. Il est foutu, il en est sûr. Tania monte le ton et madame Baker le regarde durement. Il ferme ses yeux pour ne plus les voir et s'effondre sur le carrelage pour y disparaître. S'il s'envase ici, il restera ici.

— Debout mon Joshua, viens m'aider à faire du café pour madame Baker ! ordonne Tania.

— Relève-toi, veux-tu ! se mêle la patronne qui commence à perdre patience.

Joshua n'entend rien. Ses bras recouvrent sa tête. Il les voudrait plus lourds et plus gros pour rentrer en lui-même. La rage l'envahit, il ne sait plus quoi faire. C'est soudain, mais bien réel : il les hait. Il hait surtout sa mère de l'avoir emmené choisir un vélo qu'ils ne lui offriront jamais avec Philip. Il la hait de lui avoir laissé croire que tout était encore possible. Loin de ce qui se trame dans la tête de Joshua, madame Baker soupire. Elle a d'autres chats à fouetter. Elle s'accroupit près du garçon, saisit ses mains, les décolle de son visage, puis, d'une voix douce qu'elle concède rarement, lui demande de se lever afin de discuter avec les adultes, tranquillement. Cette crise doit cesser.

— Non ! s'agace-t-il.

Subitement, il s'allonge et gigote comme un ver. Madame Baker tente de le stopper en agrippant ses chevilles. Lui sait qu'elle l'enserre pour l'emmener avec elle, alors il continue de se débattre. Il devient incontrôlable. Madame Baker va s'en prendre une, elle en est sûre ! Elle serre plus fort. Si seulement Magdalena était là ! Elle ne se déplacera plus sans elle. Elle lui en parlera demain, il faut établir un nouveau process. Combien de crises inopinées doit-elle gérer seule ? Elle tend finalement un bras jusqu'à la casquette de Joshua et la visse sur son crâne.

— Tiens, remets ta casquette si ça te fait plaisir. Que tu la portes ne m'ennuie pas du tout. Je te le promets.

Joshua ne gesticule plus. Il appuie sur sa tête pour caler sa casquette tout en se demandant pourquoi madame Baker est subitement si gentille. Il ne discerne plus aucun bruit, plus de moteur, plus rien. A-t-il rêvé ? Il se pince pour vérifier. Sa peau est rouge et douloureuse, tout ça semble bien réel, alors il décide de se relever. Il rassemble ses forces, déplie ses jambes et, de retour sur ses pieds, constate que la patronne est en train de lui sourire.

— Tout va bien, Joshua ? questionne-t-elle, soucieuse.

Joshua bascule son poids d'une jambe sur l'autre, puis, sans réfléchir, se réfugie contre elle. Il n'a qu'un pas à faire pour l'atteindre. La visière de sa casquette s'écrase sur ses côtes, sous son aisselle droite. Il perçoit les battements de son cœur derrière sa chemise à manches courtes. Il imagine qu'il est énorme pour taper si fort. Énorme, rouge et chaud. Un silence de plusieurs secondes s'installe dans la pièce.

Madame Baker ne se retire pas tout de suite. Elle n'ose pas. Elle et Tania, qui se tient raide comme un bâton depuis trois minutes, s'interrogent du regard. Un câlin ? Joshua finit par ouvrir les yeux et, d'une voix à peine audible, pose la question qui lui brûle les lèvres depuis ce matin :

— Je peux rester ?

— Rester où, Joshua ? demande madame Baker.

— Ici.

— Tania ?

— Euh, oui. Bien sûr.

— Vous alliez m'annoncer quelque chose Tania ? Peut-on s'entretenir toutes les deux ?

Madame Baker craint de laisser Joshua seul mais elle a besoin de savoir ce que Tania a bien pu lui dire avant son arrivée pour qu'il se mette dans un pareil état. Compte-t-elle le rendre ? Déjà ? Quelle girouette. Madame Baker en a sa claque des parents indécis. Normalement, elle les détecte. Elle ne leur confie plus d'enfant, même si de telles décisions affaiblissent les comptes de la société. L'argent est une chose, mais la renommée de l'agence en est une autre. Trouver l'équilibre pour éviter la débâcle de son entreprise, voilà l'intelligence de madame Baker.

— Tania, vous m'expliquez ? demande la patronne, dans la cuisine.

— J'ignore pourquoi Joshua est comme ça !

— Tout va bien depuis son arrivée ?

— Oui, je vous le jure. Tout allait bien aujourd'hui. Hier aussi !

Madame Baker fixe Tania, qui se décide à poursuivre :

— En début de semaine, c'était un peu plus compliqué, il a aperçu son ancienne mère au supermarché.

— Son ancienne mère ?

— Oui, il lui a couru après mais elle avait disparu. Ça s'est tassé rapidement. Le soir même, on a mangé des tacos.

— Des tacos ?

— Oui, pourquoi ?

— Non, mais c'est très bon les tacos, Tania. Joshua a dû avoir peur. Les enfants ont peur d'être rejetés, vous savez. Il faut se mettre à leur place. Je vous ai déjà dit que c'était un exercice salutaire.

— Oui, madame Baker.

— Je peux donc vous laisser ? J'espère que vous avez un chouette programme pour la soirée. Quelque chose qui le distrairait un peu.

— Oui. Philip voulait le conduire au motocross.

— Allez-y avec eux. C'est sympa, le championnat.

Madame Baker attrape son attaché-case et prend la direction de la porte. Voilà qui est réglé. Les mômes sont dans leur monde, c'est ainsi. Madame Baker a beau conseiller de se mettre à leur place, elle sait que c'est impossible. Elle-même n'y arrive pas. Elle n'a plus de parents, mais elle n'a ni leur âge ni leur histoire. Rien qui puisse la guider vers les angoisses de ces enfants, les casquettes qu'ils veulent garder à tout prix, les peluches usées qu'ils agrippent comme des repères, leurs caprices à la noix qui n'en sont jamais vraiment.

Dans quelques jours, elle appellera Tania afin de s'assurer que les choses se passent bien. Pour l'heure, elle démarre sa voiture. Sur son volant, ses mains tremblent. Elle a du mal à atterrir, même si elle refuse de se l'avouer. Le gamin contre son corps, ça lui a fait un drôle d'effet.

27.

Joshua marche entre Tania et Philip. Tous les trois sont noyés dans la foule de spectateurs qui quittent les tribunes du terrain de motocross. Joshua a aimé les courses. Quand les motos passaient au plus près de son siège, sautaient des bosses ou prenaient de l'élan dans les trous, il ouvrait plus grand ses yeux. Toutefois, il n'osait pas crier ou lever les bras, à l'instar de Philip. Il contenait sa joie parce qu'à sa gauche, sa mère demeurait silencieuse. Elle avait l'air absent. Il épiait chacune de ses réactions, se demandant si elle s'ennuyait du spectacle ou si elle était contrariée par la visite de madame Baker quelques heures plus tôt. Plusieurs fois, il a essayé d'attirer son regard. Il lui a même souri gentiment mais ça n'a servi à rien. Elle ne lui prêtait aucune attention.

— Joshua, tu choisis des pizzas ? suggère Tania à l'approche d'un foodtruck garé au milieu du parking.

Maintenant qu'elle sait son fils capricieux, elle préfère le laisser décider. Elle ne supporterait pas une nouvelle crise. Sa casquette plantée sur la tête, Joshua s'exécute. Il demande de la pizza au salami et une autre au jambon. Philip sort des billets de ses poches en commentant le show qu'il vient de voir. Son enthousiasme est débordant. Impossible de l'arrêter, il est rougeaud et parle plus fort que tout le monde. Tania aurait presque honte, son époux oublie souvent qu'il n'est pas seul.

Une fois que la commande est prête, la famille traverse le vaste parc autos pour rejoindre le break. Dans la voiture, Tania maintient les cartons sur ses genoux. Philip, toujours excité, pique des parts en conduisant. Il les roule d'une main et les fourre dans sa grosse bouche. Quel morfal. Il ne peut même pas attendre d'être rentré.

— Ça t'a plu ? demande Philip à sa femme.

Elle ne répond pas. Elle s'en fout du motocross, cette soirée est interminable.

— J'ai plus faim, dit Philip, qui mâche encore.

— La faute à qui ? s'impatiente Tania.

Le trajet se poursuit en silence. Joshua observe les lumières qui défilent à mesure des rues qu'ils empruntent. Il a l'impression d'être dans la voiture de Catherine et Edgar, quand aucun des deux ne parlait. Il retrouve le sentiment de déranger. D'être la personne de trop au milieu d'un couple qui n'a pas tout réglé.

Il est maintenant convaincu que Tania lui en veut à cause de cet après-midi. C'est pour ça qu'elle est tendue sinon elle lui caresserait les joues pour un rien, comme elle le fait sans cesse depuis qu'il est arrivé chez eux. Elle ne l'a même pas attaché quand il s'est installé sur la banquette arrière, il a dû se débrouiller tout seul. Il trouve ça injuste, il n'a rien fait de mal. Il est déçu. Il est déçu parce que sa mère ne le regarde déjà plus et parce qu'il est en pleine descente du motocross, comme Philip. Son nouveau père était excité durant les courses et voilà que lui aussi se concentre sur la route comme s'il était question de rentrer à l'abattoir.

Dix minutes plus tard, à la maison, Tania entraîne Joshua dans la cuisine afin qu'il dîne. Elle lui donne des parts de pizza et lui tend une serviette à nouer autour du cou, puis entreprend de ranger des tasses qui traînent dans l'égouttoir. Elle n'a même pas faim.

Le comportement de Joshua l'a abasourdie. Il faut qu'elle en parle à Philip. Sur le trajet retour, son mari a bien vu que quelque chose ne tournait pas rond. Elle le fera quand ils se coucheront. Joshua est peut-être détraqué. Il fallait le voir gigoter sur le carrelage ! Maryline n'aurait pas fait pire ! Tania se sent perdue. De son point de vue, madame Baker n'a pas très bien géré. Elle a même empiré la situation. C'est en sa présence que Joshua a vrillé ! Il a eu peur d'être amené au foyer. Si elle se met à sa place, Tania peut comprendre. Enfin tout de même ! Elle est moins effrayante que madame Baker ! Où Joshua est-il allé chercher qu'elle allait le rendre ? Il peut craindre que la patronne le ramène, mais pas que sa propre mère décide d'une chose pareille ! C'est vraiment troublant. Vivement qu'elle en parle à Philip. Il saura sûrement quoi penser, comme après l'incident du Bigg's. En plus, il est de très bonne humeur avec son sport.

Joshua est toujours attablé. Il mange sans broncher. Tania n'a pas le cœur à rester près de lui. Elle quitte la pièce et éteint la lumière par réflexe. Elle n'a pas encore pris l'habitude d'une troisième présence. Dans la pénombre, Joshua croque un bout de pizza puis lâche le reste dans son carton. Il ne voit plus grand-chose. Même l'écran de la télévision que Philip regarde dans la pièce voisine ne l'éclaire pas suffisamment. Il soupire en se demandant si Maryline était vraiment heureuse ici. Les adultes sont trop lunatiques. Lopin l'a toujours dit. Joshua aimerait bien savoir ce que fait son copain en ce moment même. Il faut vraiment qu'il lui donne sa lettre.

Il dépose son carton de pizza à plat sur la poubelle puis monte à l'étage se laver les dents. En bas, Tania intime à Philip de bouger ses fesses du canapé pour le déplier. Celui-ci se lève, retire son jean et fait les cent pas dans le salon en attendant que Tania déroule la couette. Tout à coup, près de l'aquarium, ses yeux s'arrondissent telles deux billes. Du bout du doigt, il tapote la vitre. Il recommence, cette fois avec le poing.

— Tania !

Il prononce son prénom si fort qu'elle sursaute. Sa voix convulse.

— Les… Les poissons ! Les poissons sont morts !

Tania se précipite vers le bocal, frappe les parois à son tour, place sa tête au-dessus de l'eau et souffle bêtement, comme si elle essayait de faire du bouche-à-bouche à distance. Philip, lui, branche et rebranche l'appareil.

— Mes poissons, putain ! Mes poissons ! Qui a tué mes poissons ?

— Ils ont peut-être faim ?

— Faim ? Mais Tania ! Tu vois bien qu'ils sont morts !

Joshua descend les escaliers tout doucement, alerté par l'agitation soudaine. Il craint le pire. Depuis l'avant-dernière marche, il aperçoit ses parents qui gesticulent autour de l'aquarium. Philip est à moitié nu et cogne dans la cloison de l'entrée. Tania, elle, fait de petits sauts dans la pièce à la recherche d'une solution.

— Joshua, les poissons sont morts ! vocifère-t-elle en voyant son fils.

Pieds nus, le garçon se pétrifie.

— C'est toi ? menace Philip.

— Joshua, c'est toi ? répète Tania.

— Tu les as touchés ? T'as mis tes doigts dedans ? Tes sales mouches ? Regarde-moi, le môme ! hurle Philip en s'avançant vers lui.

Joshua réfléchit, et vite. Il fixe les poissons qui flottent inertes à la surface de l'eau. Ils ont l'air plus gros qu'avant.

— Je leur ai juste donné à manger. J'ai fait ce que Maryline m'a dit, murmure-t-il d'une voix blanche.

— Quoi, Maryline ? interroge Tania à deux doigts de faire une syncope. Quel rapport avec elle ?

— Maryline m'a dit de donner à manger aux poissons pour aider Philip.

— C'est la meilleure ! Tu leur as donné quoi ?

— Ça.

Le petit garçon tremble et désigne une boîte qui contient des pastilles nettoyantes. Philip s'étrangle. Le gosse a nourri les poissons avec le produit de filtration ! Il saisit le paquet entre ses doigts velus, puis demande à Joshua de sortir de son champ de vision avant qu'il le confonde avec le mur. Il va se prendre une raclée ! Tania le supplie de se calmer et de faire preuve d'un peu de compassion. Ce n'est pas la faute de Joshua, tout ça, c'est la faute de Maryline, cette dégénérée qui aurait pu tuer la voisine et qui a réussi à assassiner les poissons ! Philip s'en carre de l'adolescente. Il prend son épuisette, extrait ses poissons de l'aquarium, les balance dans un saladier et s'enfuit dans le jardin pour jeter le tout. Un instant, il s'arrête et regarde ses compagnons échoués sur la pelouse. Une envie de tout casser le rattrape, qu'il balaie en grimaçant, avant de retourner à l'intérieur de la maison. Joshua a disparu dans sa chambre. Tania, elle, est assise sur le canapé-lit, dans son pyjama rose bonbon.

Philip s'assied à côté de sa femme et saisit son genou. Il le serre rudement avant de le secouer. Tania tangue. Elle connaît son mari. Il fait ça pour se rappeler qu'ils forment une équipe face aux drames. C'est sa façon à lui de dire que le monde est cruel et terriblement injuste, mais qu'ils vont s'en sortir.

Il maugrée qu'il ne veut plus vivre avec Joshua, que le môme est un meurtrier, puis baisse la tête en gémissant. Tania n'aime pas ce qu'elle voit. La peine de son mari pourrait l'abattre.

— Tu peux essayer de lui pardonner, chuchote-t-elle.

— Ça ne rendra pas mes poissons. On n'a qu'à le rendre lui !

— Chut, enfin ! Il est juste là !

Tania pense à sa Vierge Marie, à ses prières passées. Doit-elle invoquer de l'aide, encore une fois ? Elle observe la pièce, dans la pénombre. Où est l'enfant doux dont elle rêvait avant d'assister au défilé ? Le parcours est semé d'embûches. Sauf qu'elle ne peut pas rendre Joshua, elle le sait. Pas pour ça. Elle ne va quand même pas retourner tous les gosses qu'elle adopte. Il faut que Philip redescende et qu'elle s'apaise. En quelques jours, elle a cumulé trop de contrariétés. On dirait que la vie essaie de lui dire quelque chose. Elle préfère ne pas y penser. Il vaut mieux dormir maintenant. Elle pousse Philip, qui roule sur le côté. Il est aussi lourd que son cœur à elle. Après tout, il avait acheté les poissons quand ils ont compris qu'ils n'auraient pas d'enfant, et voilà que les poissons meurent aujourd'hui, comme pour leur rappeler que des enfants, ils n'en auront jamais vraiment. Est-ce un signe, une mise en garde ? L'idée est insupportable à Tania. Demain, elle parlera à Joshua et tout rentrera dans l'ordre.

28.

Sans un bruit, Joshua vide l'armoire. Il agrippe ses vêtements et les enfonce nerveusement dans son sac. Il chausse sa casquette à l'envers puis entrouvre la porte de sa chambre. Sur la pointe des pieds, il se dirige vers le sas de l'entrée pour récupérer ses sneakers déposées sur le paillasson. En passant près du canapé-lit, il se bouche le nez pour ne pas respirer. Tania sanglote et Philip ronfle. Il se dit qu'avant son arrivée, leurs soirées devaient toutes ressembler à celle-ci.

Joshua parvient à attraper ses baskets puis fait demi-tour. De nouveau à l'abri, ses affaires à côté de lui, il noue ses lacets et attend que le jour se lève derrière la fenêtre carrée. Il aperçoit la nuit à travers le store troué. Il ne sait pas combien de temps dort le soleil en général, mais il est certain qu'il va bientôt venir. Il brille tellement à Saint Helen qu'il donne l'impression de s'être posé sur la ville pour toujours.

Joshua a hâte de revoir la lumière. Il a entendu que Philip voulait le rendre et il a décidé de partir.

Les parents ne servent à rien, Lopin l'avait prévenu. Joshua songe qu'il a raison d'emprunter les pensées de son copain, parce que parfois, les autres savent mieux que nous. À plusieurs, les choses sont plus claires, surtout la réalité. Blotti derrière la porte, Joshua comprend la sienne. Il comprend qu'il n'arrivera jamais à plaire à quiconque. Il n'arrivera jamais à combler des désirs parce qu'il n'a jamais été désiré. Il n'aura jamais de famille. Pourtant, il en a rêvé très longtemps. Après madame Ozan, il en a rêvé très fort, même. Il était prêt à tout pour être de nouveau le fils de quelqu'un. Mais peu importe. C'est trop tard. Il ne sait même plus ce que tout cela signifie. Peut-être parce qu'il a trop grandi. Tout est plus net. Il voit les adultes et leurs manières. Il voit surtout leurs doutes, lui qui a longtemps cru que les grandes personnes étaient solides comme des gratte-ciel ou des ponts. Sinon, pourquoi les petits vivraient-ils avec eux ? Joshua n'est même pas triste, il est en colère. Il n'espère plus rien des adultes. Il en veut à tous les parents. Il en veut à tous ceux qui l'ont observé défiler, l'ont jaugé, étudié, voulu, plus voulu. À tous ceux qui ont espéré le remodeler, le modifier, le transformer à leur goût. À tous ceux qui l'ont placé dans une chambre pour que la chambre ne soit plus jamais vide. À ses vrais parents aussi. Même eux, ils sont nuls. Ils ne les aiment plus. Il n'espère plus que sa mère vienne le chercher. De toute façon, si elle avait eu envie de le faire, elle l'aurait déjà trouvé.

Quand l'extérieur se défait de son voile noir, Joshua rejoint la cuisine et sort discrètement de la maison en traversant la véranda où sèchent des robes de Tania. Il passe devant chez les Miller, pense au père Miller dont Tania parle souvent, et à la petite Rebecca. Il ne la reverra plus et se dit que c'est dommage, il l'aimait bien avec son plâtre. Elle savait capturer les mouches. Elle formait des petits dômes avec ses doigts pour les emprisonner sans les écraser.

Dans son pantalon de pyjama resserré aux chevilles, il foule le large trottoir résidentiel, tourne à l'est sur l'avenue George-Rose et compte les maisons sous les lignes orangées qui percent le ciel. À trente-deux, il atterrit sur le carrefour qui mène à l'avenue principale. Il aperçoit le garage automobile et continue toujours tout droit.

Au centre de l'avenue, il passe devant la permanence de l'agence. Des visages d'enfants sont cloués en vitrine. Il les épie un par un et reconnaît plusieurs de ses camarades du foyer. Ses yeux glissent sur une photo de Maryline qui sourit. Il la fixe. Il pourrait lui taper dessus parce qu'elle a tout gâché avec ses pastilles bleues, mais au fond, il s'en fout. C'est une abandonnée, comme lui. Comme Lopin, comme Benjamin, comme sa bande. Il sait très bien qu'ils ne changeront pas de vie et que les tacos et les sandwichs sont des farces. On leur fait croire à un quotidien, à une vie ordinaire, mais ils ne sont pas faits pour ça. Ils sont faits pour vivre entre eux. Joshua veut les retrouver et retrouver son lit du foyer. En quelques jours, il a eu le temps de s'habituer à l'odeur de la lessive et à la dureté de son oreiller. Finalement, jamais aucun décor ne lui était devenu familier aussi vite.

Il reprend sa route. Il marche sur les bordures du trottoir et joue à conserver l'équilibre en plaçant ses bras à l'horizontale. Le jour se précise et le soleil désormais l'aveugle. Il observe les voitures qui le dépassent, de plus en plus nombreuses, de plus en plus bruyantes. Le monde se réveille. Tania et Philip vont sortir du lit et se rendre compte qu'il n'est plus là. Ils vont peut-être se lancer à ses trousses, à moins que sa disparition les arrange. Dans le doute, Joshua accélère. Il longe le pub. Sur la terrasse, des types boivent du café en habits de chantier. Ils le saluent. Il répond poliment puis se met à courir. Son sac à dos vole. Il faut qu'il se dépêche. Il va rejoindre le foyer et revoir Lopin. Il lui donnera la lettre qu'il lui a écrite pour s'excuser de son départ secret, même si ça ne sert plus à rien, puisqu'il ne sera plus parti.

Son souffle s'emballe jusqu'à ce qu'il s'arrête devant l'épicerie de Jon. Un étalage de fruits et légumes est déjà sorti. Il ralentit un instant, considère des bananes, jette un œil derrière lui. Personne. Il entre dans le magasin et fonce vers les bacs à cookies.

— Salut môme, dit Jon, assis derrière son comptoir, qui gratte des tickets de loterie.

— Salut.

— Tu viens bouffer ?

Joshua ne répond pas, il est déjà devant ses friandises préférées. Son ventre se tord de faim et d'excitation. Il en prend deux et rebrousse chemin.

— Tu paies aujourd'hui ! crie Jon qui se lève de son tabouret, prêt à l'attraper.

Joshua détale. Un bruit de ferraille s'éteint derrière lui. Il ne se retourne pas. Il court plus vite qu'il n'a jamais couru et se cache sous un arrêt de bus pour faire une pause, le dos écrasé contre une affiche de motocross. Une fois calmé, il dévore ses gâteaux en trois bouchées. Ils sont bien meilleurs que ceux que Catherine lui a ramenés. Elle lui a menti. À coup sûr, elle a acheté des cookies pourris dans une boutique pourrie. Joshua peste seul et reprend la route. Si la vie est un jeu, il le gagnera.

29.

Catherine a planté Edgar au petit-déjeuner. Le bougre n'a même pas daigné la retenir. À vrai dire, elle n'est pas surprise. Ils ne se parlent plus tellement. Chaque fois qu'elle a perdu un enfant, ils se sont éloignés l'un de l'autre. Ils n'ont plus le courage de rester deux, c'est ainsi.

Elle roule en direction de chez sa sœur. Vivement qu'elle s'y installe pour réfléchir à son avenir. Elles ne sont pas très proches, mais elle peut compter sur elle pour un moment de repos. Plus jeune, Catherine voulait deux enfants, elle trouvait ça important d'avoir une sœur, ou peut-être un frère.

Hier, elle a uriné sur un test de grossesse. Elle en a encore plein les placards. Elle a dissimulé le bâtonnet au fond de la poubelle juste avant qu'Edgar rentre du boulot. Le résultat était négatif. C'est exactement ce qu'elle voulait lire : le néant, le vide, la preuve que rien ne bouge. Elle voulait qu'un morceau de plastique en atteste et se moque un peu d'elle. Elle en avait besoin pour quitter la maison.

Ça revenait à se répéter qu'il fallait agir. Alors elle est partie.

Il est encore tôt. L'avenue principale est quasiment déserte. Où sont les gens ? Catherine aimerait bien le savoir. Ils ont tant de choses intéressantes à faire, eux.

Elle passe devant la Baker Agency, pense à la patronne et à son catalogue d'enfants, puis tourne à gauche après la station essence. À l'angle, elle aperçoit un petit garçon. Joshua ! C'est Joshua ! Elle pile, se gare à cheval sur le trottoir et actionne avec ardeur la manivelle pour baisser la vitre :

— Joshua !

L'enfant tressaute. Il tourne la tête, découvre Catherine et fronce les sourcils.

— Que fais-tu ici ? T'es tout seul ? lui demande-t-elle.

— Je vais au foyer.

— Comment ça, tu vas au foyer ? En pyjama ? Monte, je t'y amène.

Il hésite un instant. Ça pue, dans la voiture de Catherine. Mélange de vanille et de tabac à cause des cigarettes d'Edgar. En même temps, il en a marre de marcher et il n'est pas contre gagner quelques minutes. Il grimpe dans la bagnole et s'installe sur le siège passager. Catherine veut comprendre pourquoi il se rend au foyer. Ses parents riches l'auraient-ils abandonné ? Elle en jubilerait presque.

Joshua évite de parler. Il ne veut pas se confier à son ancienne mère qui ne regarde pas la route tant elle le regarde lui. Il s'interdit de lui raconter la mort des poissons, la colère de Philip, et ce qu'il a entendu après. Il joue avec la boîte à gants, qu'il ouvre et qu'il referme. Elle contient des paquets de mouchoirs, des tickets froissés et des pastilles mentholées. C'est la première fois qu'il est assis devant, dans cette voiture.

— Tu veux bien arrêter de tripoter ce truc et m'expliquer ce que tu fais là ?

— Rien de spécial.

— Tes parents savent-ils que tu vas au foyer ?

— C'est eux qui m'ont demandé de partir.

— Et ils te laissent te déplacer seul, comme ça ?

Joshua la trouve lourde, il ne réagit pas.

— Ne serais-tu pas en train de me raconter n'importe quoi ? insiste Catherine.

— Madame Baker m'attend.

— Elle s'appelle comment, ta mère ?

— Tania. Et c'est plus ma mère.

Catherine songe que ce prénom manque de maturité. Quel âge peut bien avoir cette femme qui portait de grosses lunettes noires à la sortie de l'école, l'autre jour ? Le sien ? Sans doute moins. Elle n'a pas le temps d'interroger Joshua à ce propos, il déverrouille la portière pour descendre. Elle est contrainte de freiner brusquement sur le parking du foyer.

— Joshua, attends !

— Quoi ?

— Et si je te réadopte ? Je peux parler tout de suite à madame Baker !

— J'ai pas envie. Casse-toi !

Catherine reste coite. Elle n'était pas une mère parfaite et peut-être Joshua lui en veut-il encore de l'avoir abandonné, elle le comprendrait. Mais il ne peut pas s'engouffrer dans cet établissement sans même considérer sa proposition. Elle a bien vu qu'il ne s'épanouissait pas dans ce centre ! Elle lui a rendu visite, elle le sait ! Et puis, tomber sur lui de bon matin tandis qu'elle prend la fuite, n'est-ce pas la preuve qu'ils n'en ont pas fini tous les deux ? Elle ne lâche rien, il doit savoir :

— Je quitte Edgar ! On sera mieux sans lui !

Joshua ne l'écoute pas. Il se dirige d'un pas sûr vers l'entrée du bâtiment. À l'intérieur, il se presse jusqu'au bureau de la patronne. Il tape à la porte, active la poignée, appelle madame Baker trois fois de suite. Aucune réaction. Il se laisse tomber au sol en l'attendant.

— Joshua ? Que fais-tu ici ? demande Magdalena, alertée par le vacarme.

— Je reviens vivre au foyer.

— Tes parents te rendent ?

— Non. C'est moi qui arrête de vivre avec eux.

— Je ne suis pas sûre que ça marche comme ça, Joshua.

— Si.

— Madame Baker sera là dans trente minutes, nous verrons ça avec elle. As-tu mangé quelque chose ce matin ?

— Des cookies.

— Il te faut un fruit. Suis-moi.

Magdalena porte un sautoir en perles, avec, au bout, une grosse mouche d'un bleu éclatant qui vole quand elle marche. Joshua a envie de taper dessus. Il se contente de fixer l'objet. Au réfectoire, Magdalena s'empare d'une orange, la pèle avec ses ongles et la tend à Joshua.

— Comment es-tu venu ici ?

— J'ai marché et après Catherine m'a fait monter dans sa voiture.

— Catherine ?

— Ma mère d'avant.

Combien de mères ce garçon a-t-il eues ? Certains enfants les cumulent. La preuve : Magdalena les voit puis ne les voit plus, jusqu'à ce qu'ils réapparaissent un matin comme celui-ci. Avec un brin de recul, elle a l'impression que la vie de la plupart des gosses se résume au foyer. Quand ils piquent une tête au-dehors, ce n'est jamais pour très longtemps. Madame Baker se targue de ses jumelages mais tout compte fait beaucoup échouent. Facilitatrice de rencontres ! Pas sûr !

L'infirmière invite Joshua à s'asseoir pour patienter. Il se dirige vers une chaise.

— Couic, couic ! s'exclame Magdalena.

— Quoi ?

— Tes baskets. Elles couinent encore !

— C'est à cause du sol ici.

— Tu sais que je peux frotter tes semelles avec du papier de verre, il suffit de demander, dit-elle en caressant les cheveux du garçon.

Joshua sourit. Il est d'accord.

— C'est qui tes enfants à toi ? interroge-t-il.

— J'ai un fils, un très grand garçon, que j'ai eu plus jeune. Et puis, je vous ai tous. Vous êtes un peu comme mes enfants maintenant que le mien préfère sortir avec ses amis et passer du temps chez son père, de l'autre côté des champs.

— Cool.

— Bon, on la fait notre photo ? Ne bouge pas, je vais chercher mon appareil. Tu as intérêt à me faire ton plus beau sourire.

30.

Madame Baker vient de convoquer Joshua dans son bureau. Magdalena l'a mise au parfum dès son arrivée : le petit est apparu ce matin comme par magie. Cette fois, c'est lui qui rend ses parents.

Assis sur une chaise, son sac toujours sur le dos et les sourcils relevés, Joshua se demande si madame Baker va lui crier dessus. Pour l'instant, elle est tournée vers sa cafetière et ne dit rien. Elle regarde sa boisson couler et attend que le bruit de la machine s'arrête. Joshua observe ses gros doigts qui attrapent la tasse et il se sent idiot. Ça le dégoûte d'avoir touché la patronne l'autre jour.

— Joshua, Joshua, Joshua, récite-t-elle.

Elle se montre enfin, agite une touillette et fait les cent pas autour de ses piles de dossiers.

— Te rends-tu compte de ce que tu as fait ? Fuguer ! Le pompon ! On ne me l'avait jamais faite, celle-ci.

— Je reviens vivre au foyer dans la chambre 11.

— Ce n'est pas toi qui décides, enfin ! Mais j'espère que tu te doutes qu'après une telle énormité, Tania ne te gardera pas ? Elle était une bonne mère. Tu te sabotes, Joshua. À quoi ça sert que je travaille, moi ?

Désormais, elle fulmine. Son corps entier est en colère. Joshua, lui, ne bronche pas. Les mots de madame Baker lui passent au-dessus. Elle finit par s'en rendre compte ; elle parle dans le vide. Est-ce une blague ? Une caméra cachée ? Elle s'assoit, jette un œil aux quatre coins de la pièce, puis revient à la raison. Mais sa raison est à l'envers. Elle ne sait plus comment gérer le gamin. Elle ne le cerne plus. Elle réfléchit en jetant un œil par la fenêtre qui donne sur le parking.

— S'il vous plaît, madame Baker, je peux rester ? demande Joshua, d'une voix fragile.

— Tu voulais rester chez Tania, et maintenant, tu veux rester ici ! Tu m'expliques ?

— S'il vous plaît.

Il la conjure, désormais. Elle pourrait s'énerver davantage, mais elle ne peut nier que la petite voix de Joshua l'attendrit. Il a une bonne bouille et un fil d'orange au coin des lèvres. Elle repense au câlin, à l'enfant dans ses bras. Il avait besoin d'elle et il s'est calmé très vite à son contact. Elle se laisse surprendre par un frisson. Un instant, elle est désarçonnée par son regard. Il émane de son visage autant de crédulité que de maturité. Elle se ressaisit immédiatement. Ce n'est pas un môme qui va faire la loi, aussi mignon soit-il.

— Tu vas rester, tu le sais très bien. Le mal est fait. Tu as réussi ton coup. Attends voir que Tania débarque et clôture la période d'essai.

En parlant du loup, voilà que le téléphone sonne. Madame Baker décroche brusquement et ne se présente même pas. De l'autre côté du fil, la pauvre Tania est affolée. Elle crie dans le combiné que le petit a disparu. Philip a fait des tours de quartier en voiture, à sa recherche. Rien, rien, rien ! Elle a regardé sous le lit, rien. Dans la douche, rien ! Près du banc et des mouches, rien ! Chez les Miller, rien ! Il doit aller à l'école, c'est n'importe quoi ! Elle est navrée, elle a peur, elle promet qu'elle n'a rien fait, elle n'est pas un parent kidnappeur ! Rappelez-vous notre dossier médical ! On est équilibrés !

— Joshua est ici, Tania, il est avec moi, tempère madame Baker. Il a pris la décision de revenir vivre au foyer et je peux vous promettre qu'il va regretter d'avoir agi ainsi.

La conversation dure une minute, pas plus. Joshua comprend que Tania est fâchée. Il espère qu'elle ne va pas débarquer. De toute façon, elle voulait le rendre. Si elle se pointe, il ne lui parlera pas. Il restera dans la cour avec Lopin.

— Va dans ta chambre, le lit est toujours à toi. Lopin doit être en train de se préparer pour la classe. On en reparlera, Joshua. Ne te crois pas tiré d'affaire.

Joshua s'exécute et se dirige vers la porte. Il s'est pris un sacré savon mais peu importe. Au moins, il est au foyer.

— Joshua, attends ! Une dernière chose. C'est vraiment Catherine qui t'a amené ici ?

— Oui.

— Et pourquoi ?

Il hausse les épaules parce qu'il n'a rien à dire puis sort du bureau en secouant la main avec nonchalance pour saluer la patronne. Dans le couloir qui le mène à sa chambre, il donne des coups de pied dans les bancs.

— T'étais où ? questionne Lopin, surpris par l'irruption de Joshua.

— Chez des parents. Je t'ai écrit une lettre pour m'excuser de ne pas t'avoir dit au revoir l'autre jour.

— Montre.

Joshua sort un papier de sa poche et le confie à Lopin. Lopin s'assied sur son lit et découvre les mots de Joshua, qu'il lit à haute voix :

— « J'avais peur de te dire au revoir et que tu sois triste de mon départ comme celui de la fille que t'as embrassée, donc je t'ai pas dit au revoir. Je suis désolé. Je suis chez des parents qui s'appellent Tania et Philip. Si tu peux venir jouer avec tes bus, c'est cool. Joshua. »

Lopin lit une seconde fois la lettre, puis lève la tête en direction de Joshua, qui se tient debout face à lui. Quelque chose lui échappe. Il lui demande ce qu'il fait là s'il a des parents. Ça n'a aucun sens.

Joshua lui raconte tout. Il est allé de l'autre côté des champs pour choisir un vélo, il y a eu le passage de madame Baker qui avait laissé son moteur allumé, la soirée au motocross, les poissons morts, et Tania et Philip qui ont chuchoté qu'ils allaient se débarrasser de lui parce que c'est Maryline qui lui avait dit d'utiliser les pastilles bleues.

— T'avais raison, c'est mieux le foyer, admet Joshua en s'asseyant sur son lit.

— Bah oui.

— T'as les plans pour s'enfuir alors ?

— Tu viens à peine de revenir, profite.

— Mais si on reste, on va encore m'adopter. J'ai pas envie. Jamais de la vie.

— Faut demander à Benjamin, c'est lui qui gère, il a la feuille.

Les deux garçons filent en classe. Assis au dernier rang, ils ouvrent leur cahier à spirale pour deux heures de mathématiques. Maryline est à deux mètres de Joshua. Il lui lance un regard noir. Elle répond de même.

— La poule te mate à fond, elle est trop amoureuse de toi ! chuchote Lopin à Joshua.

Maryline soutient son regard et Lopin continue de penser que c'est de l'amour. Il donne des coups de coude à Joshua en se moquant de lui. Maryline constate simplement que Joshua est revenu et qu'elle a gagné. Tania a jeté le garçon et va venir la chercher. Elle pourra prendre des bains parce que Philip fera la baignoire.

Depuis sa place, elle surveille le parking à travers la fenêtre. Elle ne veut surtout pas louper le break. Elle est certaine qu'il va apparaître d'un moment à l'autre. Quand on aime, on n'attend pas des semaines. Pourquoi Tania traînerait-elle ? Peut-être est-elle en train de se faire belle, à moins qu'elle ne soit au Bigg's pour faire des courses pour le dîner ? Ou peut-être qu'elle leur achète des granités. Elle viendra après.

Maryline est fière de sa perspicacité. Le break se gare dix minutes plus tard sur le parking. Tania en descend, habillée d'un pantalon de jogging noir et d'un tee-shirt blanc. Maryline lève les fesses de sa chaise pour mieux l'observer puis adresse une grimace à Joshua.

— Isabel, puis-je quitter la classe, s'il te plaît ?

— Pourquoi Maryline ?

— Pipi.

— Les poules ne font pas pipi ! s'amuse Lopin.

— Cot' cot' cot' ! lance Benjamin.

— Silence ! crie Isabel, le visage rouge.

Elle autorise Maryline à sortir. L'adolescente court vers l'entrée pour accueillir Tania et passe sa langue sur les dents afin de lâcher son plus beau sourire. Elle compte jusqu'à cinq. Tania est là, ça y est. Son visage est fermé, sa démarche énervée. Elle ne s'attendait pas à tomber sur Maryline, qui, culottée comme à son habitude, lui lance un « bonjour maman » qui finit de l'achever.

31.

Depuis dix minutes, Tania ne s'arrête plus de parler, elle est en boucle face à madame Baker. Elle s'imagine en plein interrogatoire de police. Elle essaie de comprendre et de reconstituer les scènes, de raccrocher les éléments, d'étudier les indices, de comprendre la fugue. Elle dit que Philip était mal en point hier soir à cause des poissons morts et qu'il a évoqué l'idée de rendre le petit.

— Qui sait ce que Joshua a entendu ? demande-t-elle.

Elle laisse un silence.

— Est-il… fou ?

— Fou ?

— Oui, fou.

— Qui ça, Joshua ou Philip ?

— Joshua.

— Mais non Tania, Joshua n'est pas fou. Il est sans famille ! Voulez-vous le voir ? Le ramener à la maison ? Vous êtes toujours sa mère.

— Je ne sais pas, madame Baker, je ne sais plus. Et je suis mille fois navrée de vous fournir cette réponse.

— Ne vous épuisez pas avec vos grands mots, Tania.

Madame Baker est à bout. Tania est vraiment une mauvaise candidate. Dire qu'elle l'estimait ! Elle présentait bien. Cheveux entretenus, jolie peau, femme plutôt soignée. Il fallait voir sa maison, aussi ! Bien plus correcte que la plupart des logements visités par la patronne. Madame Baker n'aurait jamais imaginé qu'elle causerait autant de remue-ménage. Elle se révèle si lâche. Et maintenant, voilà qu'elle lui demande si Joshua n'est pas fou. C'est elle qui est folle ! Le gosse n'a pas fugué sans raison. Il n'aurait pas dû partir, c'est vrai, mais madame Baker sait qu'il est un bon garçon. Elle a appris à le connaître. Elle a perçu ses faiblesses, lors de sa crise. Elle aime bien les faiblesses, chez les gamins. C'est ardu à gérer mais ça les rend attachants. Madame Baker a besoin d'éprouver un minimum d'empathie pour les aider. Ça lui donne une bonne raison de se lever chaque matin. Elle a un monde à sauver, elle ! Des enfants à réparer ! Mais à quoi bon se décarcasser si les parents ne prennent pas le relais ?

— Tania, si vous ne voulez pas garder Joshua, ce que j'entends parfaitement, je vous prie de signer ce document et de rentrer chez vous. J'ai des dossiers à traiter.

— Oui, bien sûr.

Tania attrape un crayon à papier sur le bureau. Madame Baker lui botte la main et lui confie un stylo bleu à la place. Tania appose sa signature. Elle clôt ainsi la période d'essai.

— Voilà, très bien. À bientôt alors.

— Madame Baker, attendez.

— Oui ?

— Pouvez-vous dire à Maryline que je ne vais pas la reprendre non plus ? Elle est venue me voir tout à l'heure dans le couloir et a voulu savoir quand on rentrait à la maison.

— Oui, Tania. J'ai bien compris qu'aucun enfant ici ne vous convenait. Vous restez la bienvenue aux prochains défilés, sans ça je vous souhaite une bonne continuation.

De l'argent perdu ! Voilà ce que signifie le départ de Tania. Mais très bien. Madame Baker ne regrette rien.

Tania sort du bureau et ne se retourne pas. Elle baisse les yeux dans les couloirs, de peur d'apercevoir Maryline ou Joshua. Ce foyer représente tout ce qu'elle ne supporte plus. Des enfants auxquels elle a cru, et puis le vide absolu. La non-maternité comme seul sujet. L'échec de trop.

Tout est fini. C'est sans doute mieux comme ça. Elle stoppe les frais ici. Elle a failli répondre positivement à la demande de madame Baker, aller voir Joshua, lui demander des explications et le ramener avec elle. Mais pour quoi faire ? Pour qu'il pique une nouvelle crise et la quitte encore ? Est-ce qu'elle mérite ça, un gamin qui ne l'aime pas, un gamin qui ose la fuir pendant qu'elle dort, après tout ce qu'elle a fait pour lui ? Elle s'est sentie tellement idiote ce matin quand il n'était plus là et qu'elle a crié son prénom à travers la maison. Elle a compris qu'elle n'aurait plus jamais confiance en lui. Elle n'a même plus confiance en elle.

Elle active la climatisation du break. Le dôme de chaleur qui s'abat depuis quelques jours sur Saint Helen est pesant. Quand est-ce que vient l'automne ? Loin des regards, elle va rentrer s'occuper de sa maison et retrouver Philip, qui est parti assister aux courses de motocross pour se changer les idées. Il en avait besoin, après avoir roulé trente minutes à la recherche de son fils. Il était mal, lui aussi. Il a pensé qu'on avait volé le gamin ! Il a gueulé dans la cuisine. Il était prêt à pardonner pour les poissons. Mais il se remettra de tout ça, et bien plus vite que Tania.

Il s'est toujours remis de tout. Tania est celle des deux qui souffre le plus, depuis toutes ces années, alors même que son ventre est capable de faire un enfant. Parfois, elle trouve ça injuste et se demande pourquoi elle est toujours avec son mari. On dirait que son destin ne dépend que de lui. De son corps, de ses mots. S'il s'était tu hier, elle n'en serait pas là aujourd'hui. Mais elle n'arrive pas à lui en vouloir, jamais. Philip est sa seule famille. Vivement qu'il la prenne dans ses bras.

32.

Madame Baker a prévenu Joshua : Tania le désadopte. Il est donc de retour au foyer, comme il l'espérait, jusqu'à ce que de nouveaux parents se manifestent. Le prochain défilé est dans une semaine.

— Tu as de la chance. Mais il va falloir être très souriant, Joshua ! l'a taquiné la patronne.

Joshua a failli répondre qu'il ne sourirait pas une seule fois, plutôt crever. Mais il s'est abstenu de dire quoi que ce soit parce qu'il avait autre chose en tête. Il s'est empressé de rejoindre Lopin dans la cour pour lui annoncer la bonne nouvelle : il reste ! Ils se sont tapés dans les mains et Joshua a redemandé à voir les plans pour s'échapper et quitter le monde des adultes. Il ne veut pas défiler, il faut qu'ils partent avant. Son copain a répondu fièrement qu'il avait justement récupéré la feuille de route auprès de Benjamin. Il a tâté les nombreuses poches de son pantalon kaki, a douté un instant, puis a fini par en extraire un papier plié en six.

Sous le regard curieux de Joshua, il l'ouvre enfin. Il est écrit, au centre et en lettres capitales : PARTIR DANS LA NUIT.

— C'est tout ? bondit Joshua.

Lopin répond que non. Avec Benjamin, ils ont une deuxième idée mais ils ont oublié de la noter.

— C'est le plan B, précise-t-il.

— C'est quoi le plan B ?

— Aller en ville avec Lukas quand il va faire ses provisions et en profiter pour s'échapper.

— Je sais de quoi vous parlez ! se mêle soudain Maryline.

Les deux garçons n'ont pas vu la jeune fille approcher. Ils s'interrompent net. Hors de question de l'intégrer au plan.

— Tu ne peux pas savoir, c'est un secret, assure Joshua.

— Je sais tout, je suis plus intelligente que vous. Une fille, ça vaut au moins deux garçons.

Tout en parlant, l'adolescente lorgne le papier que Lopin cache entre ses mains. Elle leur propose d'aller voir Lukas ce soir au réfectoire afin de le questionner sur ses prochaines courses au centre commercial. Il lui répondra forcément parce qu'il l'aime bien. Il la complimente souvent sur ses cheveux.

— On n'a pas besoin de toi, dit Joshua. Et tes cheveux sont moches.

— Je dis ça pour vous aider, c'est de la pure générosité. Moi, Tania va revenir me chercher.

— T'es trop naïve ! s'exclame Joshua.

— C'est toi le naïf. Elle t'a rendu parce que tu as tué les poissons, j'en suis sûre. Les billes bleues, les billes bleues, les billes bleues.

Elle pouffe toute seule, amusée par sa ritournelle. Lopin la regarde, blasé. Cette fille est décidément insupportable. Il a envie de lui éclater la tête.

— Mais atterris ! Tu n'auras jamais de parents ! T'as déjà vu des parents adopter une poule ? crie-t-il.

— Toi t'as déjà vu des parents adopter un diabétique ?

Lopin est piqué. Il avance vers Maryline avec l'intention de la pousser.

— Va-t'en ! s'énerve-t-il.

Elle place ses bras en l'air pour clamer son innocence puis recule à petits pas en ricanant. Joshua ignore la scène. Il est attiré par le son d'un avion et préfère lever les yeux au ciel. L'engin zigzague au-dessus du foyer. Le garçon l'observe en songeant à d'autres vies que la sienne et à tout ce qu'il pourra trouver au-delà des champs quand ils partiront d'ici. Ils iront voler de la nourriture dans d'immenses supermarchés et vivront dans un van comme Lopin les adore.

— Joshua, tu vas faire comment pour t'enfuir si t'es adopté au défilé ? questionne Maryline, qui revient à la charge.

— C'est pour ça qu'on doit se dépêcher de partir, dit Joshua.

— Oui mais Lukas va en ville une fois par mois, pas plus, rétorque Maryline.

Joshua fixe Lopin, inquiet. Ils n'avaient pas pensé à ça. Ils ne peuvent pas attendre des semaines.

— Si tu défiles, t'es foutu. Je connais les statistiques ! Sur trente enfants, quinze sont adoptés, surtout les petits comme toi ! T'es mal barré ! ajoute Maryline.

Lopin demande à l'adolescente de la fermer puis prend Joshua par le bras afin de l'entraîner dans un coin de la cour. Tous les deux s'adossent contre un mur. Leurs épaules se touchent. Lopin joint ses mains devant lui et fronce les sourcils. L'air concentré, il tourne la tête vers Joshua et lui promet que s'il est adopté, ce n'est pas grave du tout. Parfois, les parents sont gentils, il ne faut pas paniquer. Jennifer n'est jamais revenue après son adoption au septième défilé et elle est sûrement heureuse où elle est.

— Des fois, il y a vraiment des parents sympas, je te le jure.

— Pourquoi tu dis ça ? J'ai décidé de partir avec toi, insiste Joshua.

— OK, je sais. Alors t'inquiète pas, si t'es adopté, je trouverai l'adresse de tes nouveaux vieux et je viendrai te chercher.

— À quelle heure ?

— La nuit.

Lopin propose de faire un chat et se met à courir pour toucher Benjamin, qui traîne avec des filles à quelques mètres de là. Tout de suite, des enfants se greffent au jeu et se réfugient près d'un poteau qui fait office de maison. Joshua, lui, ne bouge pas. Il pense à la nuit. De quelle nuit Lopin parle-t-il ? De la nuit du début quand on va se coucher ou de la nuit de la fin quand le jour s'apprête à se lever ? Il sait que ce n'est pas la même chose. Quand il a fugué, il a attendu longtemps.

Benjamin le sort de ses rêveries en lui donnant une tape dans le dos.

— Joshua, t'es chat !

Joshua regarde les souris qui sont dans la maison, immobiles. Il les traite de peureuses. Seul Lopin est en retrait, prêt à défier son camarade.

— Attrape-moi si tu peux ! lance-t-il.

Il secoue les bras et slalome dans la cour. Joshua foule le goudron à sa poursuite. Les souris ne craignent plus rien, elles en profitent pour prendre l'air. On s'agite au milieu de l'espace. On pousse des cris, on se nargue, on ferme les yeux en riant, on oublie pourquoi on est là. Joshua, lui, ne rit pas. Il est sérieux. Il ne perd pas de vue sa cible. Il va toucher Lopin. Il y est presque. Il déplie ses doigts, propulse son corps en avant et atteint les omoplates de son copain.

— Je t'ai eu !

Lopin s'arrête, à bout de souffle. Il pose ses deux mains sur sa poitrine et félicite son pote avant de s'asseoir à même le sol. Il a besoin de faire une pause.

— Qu'est-ce que t'as ? demande Joshua.

— Mon diabète.

Les enfants se placent en demi-cercle autour de Lopin, désormais blanc comme un linge. Il va faire un malaise. Il explique qu'il a trop mangé ce midi et qu'il a trop couru. Il faut qu'il reste assis, il fait chaud.

— T'es mal ? questionne Joshua, qui a besoin d'une confirmation.

— Oui.

— On peut appeler Magdalena ? suggère Maryline.

— Fayotte, dit Benjamin.

— Non, attends, coupe Joshua.

Il retire sa casquette et la tend à Lopin pour qu'il se protège du soleil. Son copain infaillible ne peut pas tomber pour si peu. Lopin le remercie et Joshua s'assied à côté de lui, solidaire.

— Moi aussi, j'ai trop mangé et j'ai trop couru !

— Moi aussi !

— Moi aussi !

— On est des diabétiques ! crient les enfants.

Lopin se pince. C'est Joshua qui lui a appris à interroger la réalité, et Joshua sait pourquoi il fait ça : parce qu'aujourd'hui, la vie est étrangement douce et l'avenir possible. C'est dans ce moment suspendu, à observer son copain, que lui vient une idée. Une très bonne idée. Il ferme les yeux pour ne pas l'oublier et l'avion disparaît.

33.

Tania change les draps de son lit. Elle a ressorti la parure verte ornée de bourgeons jaunes. Une de leur toute première avec Philip. Ils étaient jeunes et fraîchement mariés.

La fenêtre est grande ouverte et une légère brise entre dans la pièce. Tania la voit danser sur les rideaux qui ondulent, puis elle secoue ses oreillers, tapote le matelas par endroits, regarde se soulever des nuages de poussière. Il faut qu'elle décongèle des haricots pour le dîner. Elle y mettra de la sauce tomate en brique pour accompagner la viande choisie ce matin au Bigg's à l'ouverture. Elle a croisé Béthanie dans les rayons, elles ont partagé quelques banalités. Béthanie lui a touché les cheveux en insistant pour avoir des nouvelles du garçon. Tania a prétendu que tout se passait bien avec Joshua, que les cartes ne se trompaient jamais, puis elle a poussé son caddie jusqu'aux caisses. En quittant le supermarché, elle a fait un crochet par la station essence pour faire le plein du break.

Elle doit lancer une machine, passer l'aspirateur et se mettre en cuisine. Philip sera là dans une bonne heure. C'est bientôt son anniversaire. Tania ne sait pas quel cadeau lui offrir. Une nouvelle tondeuse, peut-être ? Ça le ferait sourire, il aime bien embêter la Gonzalez. Elle ira se renseigner au magasin de bricolage, de l'autre côté des champs. Ou à l'animalerie ? Pour de nouveaux poissons. Tania hésite. L'aquarium vide lui colle une sacrée peine. Il faut d'ailleurs qu'elle le lave, il dégage une drôle d'odeur.

Elle entreprend de faire une pause dans son ménage. Elle s'installe sous le porche, épie les alentours, toujours aussi calmes. La femme Miller arrose des fleurs dans son jardin. Elle a la peau blanche et lisse, et donne presque l'impression de chantonner quelque chose. Un air de princesse heureuse et amoureuse. Rebecca, toujours plâtrée, rejoint sa mère accroupie et l'enlace par-derrière. Tania n'aime pas cette relation parfaite. Ce qu'elle voit est un mensonge ou une illusion qui n'existe que pour lui faire du mal.

— Est-ce que Joshua est là ? s'écrie Rebecca qui vient de lâcher sa mère.

Tania est surprise. Elle n'imaginait pas que Rebecca l'avait vue. Elle se racle la gorge.

— Il est chez sa tante, dit-elle, sans trop comprendre sa réponse.

Elle ne veut pas connaître la réaction de Rebecca et regagne d'un pas franc l'intérieur de sa maison.

Heureusement qu'elle n'est pas tombée sur le père Miller, sa gêne n'en aurait été que plus grande.

Dans la cuisine, elle ouvre le frigo et snobe les jus de légumes entamés qu'aucun enfant ne finira. Philip les boira. Demain et les autres jours, elle lui en servira de grands verres comme si de rien n'était et ils ne reparleront pas de tout ça. La vie continuera comme elle a commencé, à deux et sans possibilité d'être trois.

Tania lutte contre ses pensées. Elle n'a pas envie de prendre le pouls de son humeur, de son état depuis la veille, de se confronter à elle-même. Elle aimerait faire aussi facilement le ménage dans sa tête que dans sa maison. La machine à laver sonne, le programme est terminé. Elle a du linge à étendre, des draps à repasser, une vie à mener. Elle a toute sa vie d'avant à reprendre. Elle ne lui paraît pas bien loin, elle a à peine eu le temps de s'en éloigner. Des enfants sont-ils vraiment passés par ici ? Elle raconte à tout le monde qu'ils sont toujours là alors qu'elle doute de les avoir connus. Elle ne croit plus en ces dernières semaines. Les visages de Maryline et Joshua se confondent. Même leurs prénoms se brouillent au fil des heures. Mais elle les a prononcés. Ils ont existé. Elle se les répète. Elle peut bien garder ces souvenirs pour elle, conserver quelques dernières images. Elle aura quand même eu deux enfants. Elle aura joué à être mère. C'était comme dans un songe. Mais n'est-ce pas pire finalement ? Avoir entrevu la maternité la rend peut-être plus triste encore que l'absence de maternité. Le réveil lui laisse un goût amer dans la bouche. Tania n'aurait jamais imaginé la rancœur plus accessible que l'amour, sauf quand la déception s'en mêle, probablement.

Dehors, les pneus de la voiture de fonction de Philip écrasent le béton. Il est de retour. Il va l'embrasser, allumer la télévision, demander ce que l'on mange. Il va s'installer à table et dévisager sa belle. Il ne dira rien de spécial, il dira que la viande est tendre, il dira que sa journée était dure, il dira qu'il a aperçu les voisins en rentrant. Quand elle débarrassera les assiettes, il lui touchera les hanches et elle frissonnera un instant. Quand il s'assiéra sur le canapé, elle ira se laver les dents. Elle enfilera un pyjama et, de retour dans le salon, elle ouvrira un magazine. Elle le lira jusqu'à voir la nuit tombée.

Demain matin, si elle trouve le courage, elle appellera sa mère. Elle lui parlera peut-être de Joshua, de cette seconde tentative, de cet autre recalage, de sa prise de conscience, et elle l'excusera de s'être si peu occupée d'elle quand elle était enfant. Elle excusera ses négligences, ses exigences, ses attentes. Il est temps qu'elle l'admette et le lui dise. La maternité, elle l'a compris, c'est vraiment compliqué. Elle lui pardonnera tout. Maintenant, elle l'a vécue.

34.

— Magdalena ?

— Entre.

Joshua pénètre dans l'infirmerie et se pose sur le tabouret qui lui rappelle sa douleur à l'oreille. Il a passé la nuit à tourner autour de son idée. Magdalena est la personne qu'il lui faut. Elle range des compresses dans un placard, puis s'assied face à lui, tout ouïe, un grand sourire aux lèvres et un truc entre les incisives.

— Tu as un point noir dans les dents, dit Joshua.

— Mince. J'ai mangé du pain de mie aux graines biologiques.

— Je voudrais être diabétique, enchaîne Joshua avec tout l'aplomb de l'univers.

— Diabétique ?

L'infirmière cesse de gratter son incisive et s'étonne. Elle explique à Joshua ce qu'est le diabète. Il en existe deux types. Lopin, lui, souffre du diabète de type 1. Son pancréas, un organe important qu'on a dans le ventre, ne produit pas assez d'insuline, contrairement à un organisme normal. Or, c'est indispensable l'insuline, c'est grâce à ça que le corps régule les apports en sucre. Par conséquent, dès qu'il mange un gâteau, plus rien ne va ! Ce n'est pas une maladie rigolote. Il faut souvent se faire des piqûres.

— Je peux m'en faire.

— Joshua, ton pancréas est sain ! Pourquoi veux-tu être diabétique ? Personne ne le veut. Demande à Lopin !

— Je ne veux plus de parents, et si j'ai le diabète, on ne me choisira pas au défilé. Lopin, personne ne veut de lui parce qu'il est diabétique.

— Tu ne veux pas de parents, Joshua ?

Le jeune garçon se confie à Magdalena. Il adore le foyer, en fin de compte. Chez Tania et Philip, c'était bien, mais pas tant que ça. S'il est revenu, c'est parce qu'il a entendu qu'on voulait se débarrasser de lui.

— Tous les parents nous débarrassent, dit-il.

— Je comprends ta déception. Mais il y a des parents très bien, tu sais.

En s'écoutant parler, Magdalena s'en veut de faire croire à Joshua que de nouveaux parents extraordinaires l'attendent quelque part. Chaque jour, elle voit combien il est difficile pour les enfants de jongler avec l'espoir et le rejet. La preuve : il y en a un qui veut devenir diabétique. Dans quel monde vit-elle ?

— Non, c'est mieux ici, continue Joshua. J'ai bien réfléchi.

— Tu devrais parler à madame Baker. Elle pourrait s'arranger pour que tu restes au foyer si tu es bien ici, le temps de te sentir un peu mieux. La solution, c'est que tu ne participes pas du tout au défilé.

Le regard de Joshua s'éclaire. Pour ne pas avoir de parents, il ne faut pas défiler. Magdalena a raison.

— Madame Baker sera d'accord ?

— Parle-lui. Et si tu veux vraiment rester, je lui en toucherai un mot aussi.

Magdalena est fière. Elle ôte enfin son point noir entre les dents avec un ongle. Joshua détourne le regard puis quitte son tabouret. Il a eu ce qu'il voulait, il peut partir. En se dirigeant vers la porte, il aperçoit la photo que l'infirmière a prise avec lui le matin où il est revenu. Elle lui sourit.

— On est beaux, tu ne trouves pas ?

— Si, ça va.

— Tu sais à quoi je pense, Joshua ? Tu peux écrire une lettre à madame Baker. Elle appréciera la démarche. Dis-lui ce que tu ressens.

— OK.

— Et en cas de coup de mou, tu viens réclamer une orange. Tu sais comment ça marche, par ici, dit-elle en faisant un clin d'œil.

Joshua sort de l'infirmerie. Il n'est pas diabétique mais qu'à cela ne tienne. Il va rédiger un courrier à l'attention de madame Baker pour lui demander de sécher le défilé. Aucune raison que ça ne fonctionne pas. Madame Gwen lui a appris à écrire des lettres et Magdalena compte l'aider. Confiant et pressé de remplir sa mission, il détale dans le couloir en tirant sur ses manches.

35.

Joshua trempe ses frites dans la mayonnaise. Il a des traces de stylo plein les doigts. Avant le dîner, il a rédigé son courrier à madame Baker avec l'aide de Lopin.

— Écris-lui qu'elle est grosse ! a suggéré son copain en se poilant.

Il a très vite repris son sérieux et conseillé à Joshua de commencer par « Chère madame Baker ».

— Après, dis que tu donnes ta place au défilé à un autre enfant et remercie-la pour sa compréhension.

Joshua s'est appliqué. Maryline n'a pas pu s'empêcher de les coller. Elle a délaissé le tableau sur lequel elle dessinait des cœurs pour découvrir ce que les garçons mijotaient. Joshua a caché ses brouillons sous ses avant-bras et Lopin a menacé l'adolescente de lui couper les cheveux comme les gars du début d'année. Elle n'en avait rien à faire, elle a attrapé une chaise et s'est assise en face de ses camarades. Les coudes sur la table et les mains sur les joues, elle a penché la tête et posé une quantité de questions. Est-ce qu'ils réalisaient une œuvre d'art ? Est-ce qu'ils écrivaient un devoir ou un courrier ? Elle a dit qu'elle savait former de jolies lettres, elle s'est entraînée chez Tania en reproduisant l'écriture du docteur ! Joshua était tellement agacé par sa présence qu'il lui a donné un coup de pied sous la table. Elle est partie et il a pu finir sa rédaction. Il a bien insisté sur le point final, qu'il a épaissi longuement avec le stylo de Magdalena. Après ça, il a cherché madame Baker un peu partout, jusqu'à la trouver dans le hall d'entrée. Elle caressait une plante.

— J'ai un courrier pour vous, madame.

— En quel honneur ?

La patronne s'est enquise du contenu du papier de Joshua. Elle mâchait grossièrement un chewing-gum, mais son expression était figée. Joshua n'en devinait rien. Allait-elle dire quelque chose ? Ses yeux ont parcouru la lettre au moins trois fois.

— Je ne sais pas quoi faire de ça, a-t-elle conclu en secouant la feuille.

— Je peux donner mes parents aux autres enfants.

— C'est fort délicat mais tu défileras comme tout le monde, Joshua. Allez, file, va te prendre un plateau, c'est l'heure de dîner.

Joshua ne s'est pas pressé pour aller manger. De toute façon, il n'a pas faim. La réaction de madame Baker lui a coupé l'appétit. Il se demande ce qu'il va pouvoir dire à Lopin. Que ça n'a pas marché ? Qu'ils ont fait tout ça pour rien ? Que madame Baker a lu la lettre mais qu'elle s'en fout ? Dans quelques jours, il va probablement quitter le foyer, sous prétexte que des parents voudront l'aimer. Et alors quoi ? Il se retrouvera dans une nouvelle maison, dans le quartier du Mail ou plus loin encore, il répondra à des questions par centaines, on attendra de lui qu'il soit passionnant et loquace, on lui proposera encore des puzzles, on le conduira à l'école, on lui promettra un vélo, on lui lira des histoires le soir, mais à quoi bon ?

Heureusement, depuis qu'il a rejoint le réfectoire, Lopin ne le calcule pas. Il est trop occupé à avaler son poisson pané et à discuter avec Cassie qui s'est assise avec les garçons. Elle mange des flageolets avec les doigts, qu'elle attrape un par un en expliquant à Lopin pourquoi elle a des taches rouges sur le visage. Ils parlent de leurs maladies. Benjamin n'arrête pas de se moquer d'eux et de les traiter de victimes. Il tape sur son plateau en rigolant. À la table voisine, collée à la leur, Maryline demande à des filles ce qu'elles veulent faire plus tard. Il y en a une qui veut devenir infirmière comme Magdalena et une autre patronne d'agence d'adoption comme madame Baker. Elles listent les noms de famille de tous les parents qu'elles ont eus pour créer des noms d'agence. Cassie les écoute et dit qu'elle ne peut pas jouer car elle n'a jamais eu de parents, même si elle en aura sûrement bientôt.

— Bah si, ta mère, c'est Isabel ! rigole Benjamin.

— Bah non ! se défend la fillette.

Tout le monde s'amuse. Joshua aimerait bien se mêler au jeu mais il peine à déglutir à chaque fois qu'il essaie de prononcer un mot, alors il reste spectateur. On continue de parler du foyer, de la grosse Baker, du diabète, de métiers. On parle de ce que l'on connaît, d'une seule et même réalité.

— Perry Agency, lâche brutalement Joshua pour s'intégrer.

— Quoi ? demande Benjamin.

— Rien, souffle Joshua, conscient que le jeu est terminé et qu'il intervient trop tard.

— C'est le nom de Tania et Philip ! réplique Maryline, qui a compris.

Joshua murmure que oui, c'est ça, c'est leur nom, puis il reprend une frite. Pendant ce temps, les enfants lèvent les bras pour appeler Lukas qui traîne un chariot de rab dans les allées. Joshua ne bouge pas.

— Sinon j'ai un scoop, interpelle-t-il.

— Ah ? réagit Lopin.

— Un centre commercial va ouvrir vers le gymnase de la rue de l'Enfer.

Joshua relate ce qu'il a entendu dans la bouche de Philip. Un énorme centre commercial va voir le jour, avec une salle d'arcade, ça va être un gros chantier. On ne l'écoute pas vraiment. Tout le monde se fiche de ce qu'il dit. Comme madame Baker de sa lettre. Il a l'impression de ne servir à rien, d'être coincé ici. Madame Ozan avait raison. En fin de compte, on est toujours tout seul avec soi-même.

36.

Hier soir, avant de dormir, Lopin a fini par demander à Joshua ce que madame Baker avait dit en découvrant son courrier. Joshua a répondu la vérité et expliqué à son copain qu'il fallait trouver une solution pour s'enfuir avant le défilé, dans une semaine. Lopin était d'accord pour élaborer un nouveau plan, plus solide et plus malin. Il a dit que la nuit portait conseil et qu'ils en parleraient demain avec Benjamin, puis il s'est endormi très vite. À peine rassuré, Joshua a regardé le plafond pendant plusieurs heures. Il cherchait un moyen de s'évader du foyer. Il a fini par penser à quelque chose.

Ce matin, il réunit ses copains dans la salle de jeux pour leur exposer son nouveau plan qu'il a baptisé le plan C.

— Il ne faut pas partir dans la nuit et il ne faut pas partir avec Lukas. J'ai une meilleure idée.

— Accouche, s'impatiente Benjamin.

— On part le jour du défilé quand tout le monde remonte dans les navettes.

Joshua explique aux garçons que lors de son premier et seul défilé, il a patienté longtemps dans les vestiaires après les entretiens. Personne ne le surveillait. Il aurait pu déguerpir.

— Pourquoi tu l'as pas fait, t'es con ! se marre Benjamin.

— Bah, je voulais des parents.

Le projet est simple : ils rencontrent les adultes avec lesquels ils sont obligés de discuter puis, quand madame Baker leur demande d'attendre les résultats, ils s'en vont discrètement par l'issue de secours au fond du couloir. Joshua leur décrit la grosse porte grise avec une lumière rouge au-dessus.

— Après, on pourra passer par le chantier du futur centre commercial.

— C'est pour ça que tu nous parlais du centre commercial hier ? s'intéresse Lopin.

— Ouais, évidemment, improvise Joshua. Il faudra qu'on vole un van. Lopin, tu conduiras.

Un bruit les surprend. On tape au carreau. Les garçons tournent tous les trois la tête vers la fenêtre.

— C'est qui celle-ci ? demande Benjamin.

— Une vieille mère de Joshua qui fait des livraisons de cookies, répond Lopin.

Joshua reconnaît Catherine. Elle lui fait de grands signes pour qu'il se rapproche et lui ouvre la fenêtre. Il fait non de la tête mais Catherine continue de s'agiter. Son sourire n'a jamais été aussi sûr. Joshua finit par se lever et entrouvre la vitre coulissante d'un centimètre à peine.

— Qu'est-ce que tu fais là, t'es allée chez Jon ?

— Non, désolée mon Joshua, je suis chez ma sœur en ce moment, mais il faut que je te parle.

Il referme la fenêtre. Les doigts de Catherine miment des ronds dans l'air pour signifier au garçon qu'elle va se diriger vers l'entrée du bâtiment pour le retrouver. Joshua lui tire la langue et prévient les garçons qu'il faut quitter la pièce sur-le-champ. Benjamin propose plutôt de déclencher l'alarme incendie pour semer la pagaille. Lopin adore l'idée. Les deux rigolent mais ne bougent pas. Il y a pourtant urgence ! Joshua choisit de partir seul. Il décampe illico en direction de sa chambre. Au bout du couloir qu'il fend à toute vitesse en tenant sa casquette pour ne pas qu'elle glisse, il aperçoit Catherine qui est déjà là, les bras tendus vers lui. Elle se rapproche à bonne allure. Joshua est dégoûté, il n'a pas été assez rapide.

— Va-t'en ! crie-t-il en faisant demi-tour.

— Attends, Joshua ! Attends ! Je n'arrête pas de penser à l'autre matin. On ne s'est pas croisés par hasard. Recommençons tout à zéro !

Joshua s'enfuit de nouveau pour échapper à son ancienne mère. Elle a l'air folle. Pourquoi la laisse-t-on entrer ici ? À toute bringue, il rejoint le réfectoire bondé d'enfants. Il va le traverser pour atteindre la cour et s'y cacher. Derrière lui, il l'entend, Catherine accélère. Il reconnaît son petit souffle. Il force sur ses jambes pour la larguer et gagner l'extérieur au plus vite quand, soudainement, la visière de sa casquette se heurte à la vitre fermée. Un bruit sourd éclate et Joshua valdingue en arrière. Il atterrit sur le dos et pousse un cri. Des enfants témoins de la scène crient à leur tour. Madame Baker, qui discutait avec Lukas, sursaute et se précipite vers le garçon en imposant le silence. Dans sa lancée, elle découvre Catherine, les cheveux en bataille.

— Madame Davis ! Que faites-vous ici ? On ne vous a pas appris à sonner ?

— Je suis venue prendre des nouvelles de Joshua. Je m'inquiète depuis que je l'ai trouvé sur la route, justifie-t-elle, penaude.

La patronne se fiche de ce qu'elle raconte. Elle se penche vers Joshua pour l'aider à se relever. Le pauvre est en boucle, il n'arrête pas de demander qui a fermé la porte. Il dit que d'habitude, elle est toujours ouverte. Madame Baker ne sait pas quoi lui répondre. Elle s'enquiert plutôt de savoir s'il a mal quelque part. Hébété, il maugrée que non, puis tente de se redresser quand Magdalena accourt à ses côtés. Elle a été avertie de sa chute. Elle se précipite vers lui et lui pose un tas de questions. Est-ce qu'il souffre du dos, du cou, des fesses, du crâne ? Joshua redit que non en louchant sur ses pieds. Il sent une quantité de regards sur lui et n'ose pas lever les yeux. La honte est trop forte. L'infirmière devine son embarras et le prend dans ses bras. Madame Baker les fixe, éberluée. Pourquoi Magdalena câline-t-elle le garçon ? N'est-ce pas déplacé, tout de même ? Quand elle a agi de la sorte la semaine dernière, c'était un cas de force majeure ! Ce n'était ni voulu ni souhaitable ! Magdalena, elle, enveloppe Joshua de sa propre initiative. Quel manque de professionnalisme ! Le lien avec les enfants doit rester purement verbal. Trop d'affect est mauvais pour tout le monde. Après, on s'étonne que les mômes la conjurent de vivre au foyer !

Joshua garde le visage enfoui contre Magdalena. Il ne veut pas voir les gens autour de lui, et encore moins Catherine, dont il sent toujours la présence. Heureusement, l'infirmière retire sa blouse pour le recouvrir et le faire sortir du réfectoire comme on escorte une star à l'abri des paparazzis. Dans le couloir, enfin isolé, le garçon enlève sa casquette et remue les épaules. Il s'assure que son corps est toujours avec lui. Magdalena est attendrie. Elle lui donne une petite tape sur le ventre.

— Alors mon grand ! Une grosse bûche !

— Tu as parlé à madame Baker pour que je reste au foyer ?

— Je comptais le faire cet après-midi.

— Catherine veut m'adopter !

Elle promet à Joshua qu'ils vont se débrouiller et le conduit dans son local. Derrière eux, madame Baker et Catherine marchent côte à côte. La patronne la raccompagne sur le parking.

— Il va falloir arrêter avec Joshua, Catherine. C'est entendu ?

— Vous pensez qu'il s'est cassé quelque chose ? demande-t-elle en cherchant des yeux l'infirmerie.

— Il n'a rien, madame Davis. Allez, ouste ! On avance.

— Je veux l'adopter !

La patronne croit rêver. Elle attrape le bras de Catherine pour la mettre dehors le plus rapidement possible. Catherine est traînée sur plusieurs mètres. Ses chaussures crissent sur le lino. Elle gémit qu'elle veut rester, qu'elle a bien droit à un café pour discuter de tout ça tranquillement. Madame Baker réplique qu'il en est hors de question. Adopter Joshua une seconde fois est une mauvaise idée. D'autres enfants l'attendent, son destin est ailleurs, il faut qu'elle passe à autre chose. Elle ne peut pas s'obstiner, débarquer au foyer comme ça, et courir après un enfant qui, par sa faute, aurait pu se blesser.

— Vous auriez aimé vous prendre une vitre, vous ? enchaîne-t-elle.

Catherine se moque des remontrances de la patronne. S'il le faut, elle va s'inscrire au défilé, et, si sa candidature est refusée, elle viendra quand même et fera un esclandre. Joshua est son fils ! Son adorable petit fils tout fragile. Le pauvre qui a failli se faire très mal. Heureusement qu'il portait sa casquette.

Elle se rappelle la première fois qu'elle l'a vu sur catalogue et la flamme qui a jailli en elle. Les sensations sont intactes et prennent le dessus sur tout le reste, sur l'après, les mois désagréables, la fadeur de leur histoire, la cohabitation pesante, les journées qu'elle espérait pétillantes et qui s'éteignaient chaque soir sans la moindre étincelle. Qu'est-ce que ça peut faire ? Tout ça est effacé. Si ça n'a pas fonctionné avec Joshua, c'est qu'elle n'était pas prête. Il n'était pas le problème. Le problème, c'est qu'elle ne s'aimait pas assez ; or ne faut-il pas s'aimer d'abord pour aimer un enfant ? Depuis le départ de Joshua, elle s'est reconstruite, elle a même pris un peu de poids. Elle a compris des choses, d'autant plus en vivant chez sa sœur, au vert, loin de son mari qui gangrène tout. Elle a compris qu'elle pouvait être sa mère et qu'il ne devait pas seulement être son fils. Elle va s'investir. Il fallait qu'elle perde Joshua pour mesurer sa chance. Il lui manque ! Elle n'idéalise rien. La vie avec lui était plus douce que la vie sans. Le problème, n'était-ce pas Edgar ? Il est né pour râler. Il a tellement pesté sur le gosse ! Tellement découragé Catherine. Elle ne pouvait pas s'ouvrir, ne pouvait pas devenir la femme qu'elle aspirait à être, cette mère rayonnante digne de son fils.

— Au revoir, madame Davis ! lance la patronne sur le perron du foyer.

Catherine ne répond pas et se dirige vers sa voiture. Elle se fiche que madame Baker ne l'estime pas. Ce qu'elle veut, c'est Joshua. Elle a hâte de le voir défiler, hâte de le retrouver là où elle l'a laissé. Elle sollicitera un entretien avec lui et elle le convaincra. À deux, ils seront plus forts, et cette imbécile de Baker capitulera.

37.

Magdalena est face à madame Baker. Elle n'a pas sollicité de rendez-vous. Elle est entrée dans son bureau et s'est assise sur la chaise des invités, celle qui accueille les enfants et les parents. Elle est la chaise des destins qui se dessinent, alors Magdalena y croit. Elle ne sait pas bien pourquoi elle est là, si ce n'est qu'elle a promis. Elle ne saurait manquer à son devoir. Les enfants comptent sur elle. Encore cette nuit, elle a apaisé trois cauchemars. Des affaires de parents violents, de monstres sous le lit, d'herbes hautes et épaisses qui griffent les visages. Elle a chanté des comptines et partagé son conte préféré, l'histoire d'une infirmière déguisée en fée qui se promène avec un sac d'oranges magiques. Les enfants adorent ce récit, parce qu'ils adorent Magdalena. Les jolis rêves, dans ce foyer, c'est elle qui les crée.

Le dos plaqué sur le dossier et les mains jointes sur ses cuisses, elle est prête à déballer ses arguments quant au cas de Joshua. C'est bien la première fois qu'elle se mêle des décisions de la patronne. Elle n'a pas peur. À vrai dire, elle n'a jamais eu peur de madame Baker.

— Qu'est-ce que ça change, de toute façon, que Joshua défile ou non ? Il y a assez d'enfants comme ça ! Les parents adoptants ne repartiront pas les mains vides ! argue Magdalena.

— Vous avez raison.

— Imaginez que Catherine Davis se rende au défilé et adopte Joshua. Il sera malheureux.

— Je peux ne pas valider leur match.

— Vous ne validerez pas leur match ?

— À vrai dire, je ne peux pas vous le garantir, Magdalena. Citez-moi de bonnes raisons d'accorder cette faveur à Joshua ? N'est-ce pas un cadeau, que d'avoir des parents ?

— Vous l'aimez bien, Joshua. Considérez-le !

Madame Baker est gênée.

— Je le respecte, Magdalena. C'est différent.

— Alors, gardez-le au foyer !

— Chaque chambre me coûte de l'argent ! Quand Joshua occupe un lit, il prive un autre enfant d'être là, de participer à un défilé et de rencontrer des parents qui vont nous payer, Magdalena. Vous savez comment nous fonctionnons, tout de même ? Votre salaire en dépend !

Un ange passe. Madame Baker finit par briser le silence :

— Quant à câliner les enfants, Magdalena, je ne suis pas pour. Si Joshua veut rester au foyer, c'est peut-être parce que vous le cajolez exagérément.

— Comment vouliez-vous que je l'apaise ?

— Vous lui parlez ! Vous chantez ! Vous dansez ! Vous jonglez avec vos oranges ! Vous improvisez. Vous êtes douée pour ça, non ?

— Si vous n'aidez pas Joshua, je démissionne !

Magdalena lâche ça comme ça. Il faut ce qu'il faut. Un peu de chantage pourrait raisonner madame Baker.

— Vous ne croyez pas ce que vous dites ? Vous, Magdalena von Berg, démissionner du foyer ?

— Dès demain. Paf, plus d'infirmière, dit-elle en frappant des mains dans l'air.

— Magdalena, enfin ! Si un enfant meurt ?

— Personne ne va pas mourir, madame Baker.

— Les crises de tétanie ? Les indigestions ? Les intoxications alimentaires ? Il y en a toujours un pour se découvrir une allergie au lactose ! Et Lopin, hein ? Que faites-vous des piqûres de Lopin ? Vous n'allez pas abandonner les enfants comme ça ! Vous valez mieux que leurs parents !

— Tout le monde les abandonne.

— Justement ! Est-ce une raison ? Où est partie votre conscience ?

L'infirmière ne prend pas la peine de répondre. Bien sûr qu'elle ne démissionnera pas. Sa conscience est toujours là, bien accrochée à son cerveau. Elle se lève et ne se donne pas la peine de refermer la porte derrière elle. Madame Baker s'affale sur son siège et soupire. Les volontés de Magdalena quant à Joshua la sidèrent, tout comme ses menaces en carton. Elle a essayé de la blouser, elle l'a bien vu.

La patronne respire un grand coup, se lève et verrouille la porte de son bureau. Elle a besoin d'être seule et de revenir à son business. Elle agrippe la souris de son ordinateur et ouvre le dossier des inscriptions du treizième défilé. Qui seront les parents présents ? Elle s'approche de son écran, épie les visages, relit ses notes. Elle projette des matchs et ce jeu la rassure. Le monde tourne encore rond et c'est elle qui mène la danse. Les Martin et leurs deux chiens adopteraient bien Isaac, lui qui rêve d'avoir un animal de compagnie. Monsieur et madame Cheryl se marieraient à coup sûr avec la petite Viviane. Que faire des autres ? De Lopin ? De Cassie qui vient encore d'essuyer un revers ? Ces enfants rebutent, mais les Dos Santos, qui ont tout l'air de bons samaritains, pourront tomber sous leur charme. Heureusement qu'il existe des parents qui aiment le fil à retordre. C'est super et prometteur. Autant de familles qui se forment devant elle ! Il lui faut une aspirine. Le cachet infuse dans un grand verre d'eau. Bercée par les crépitements, madame Baker continue d'imaginer les matchs à venir, puis se penche sur les candidatures à valider. Le nom de Davis apparaît. Catherine n'a pas perdu de temps. La patronne accepte sa présence, même si les femmes seules, elle préfère éviter. D'ailleurs, pourquoi n'a-t-elle pas inscrit le nom de son mari ? Pour élever un enfant, on n'est jamais trop de deux, surtout un enfant adopté. Et puis, deux parents, c'est plus joli sur les photos que madame Baker épingle sur les murs de son bureau. Mais peu importe. Qu'elle vienne, la Catherine Davis ! Un môme lui plaira forcément, et si ce môme est Joshua, alors très bien.

Dans sa lancée, elle passe des coups de téléphone aux parents qui ont prévu de venir en sirotant son médicament à la paille. En ligne, elle offre une voix douce, se confond en compliments et en promesses. Vous allez faire d'excellents parents, nous sommes la meilleure agence du comté, les enfants que nous hébergeons sont gentils et étonnants, ils n'attendent que vous, soyez à l'heure, prenez de l'avance sur la route. Vous allez adorer les rencontrer ! À leurs côtés, votre vie entrera dans une nouvelle dimension. Nous fabriquons de nouveaux paysages ! Il y aura des rires, des blagues, des projets, des balades en famille. Voyez comme l'avenir est plaisant !

Comme d'habitude, madame Baker fait mouche. On la remercie pour son appel, on lui dit qu'on est pressé. Tout va bien se passer. Dans trois jours, le treizième défilé s'ouvrira et il sera incroyable, parce que chaque nouveau défilé est plus incroyable que le précédent. Madame Baker le sait.

Quand elle a monté son agence, elle était certaine de ne pas se tromper de voie. Le projet mûrissait en elle depuis longtemps, plus exactement depuis la mort de ses parents. Sa mère s'est électrocutée avec le grille-pain, quelle affreuse journée. Madame Baker avait presque quarante ans et vivait toujours chez eux. Elle se souvient des cris de son père. Elle aurait préféré ne pas être là, mais on était dimanche. Plus jamais elle ne serait de repos les week-ends. De cet événement, madame Baker a conclu qu'il valait mieux être surpris par la mort qu'être parfaitement disposé à l'accueillir. Les secours n'ont rien pu faire.

Son père a suivi, un an plus tard. Le pauvre homme n'a pas supporté de perdre son épouse, la peine se transforme parfois en cancer. Ce nouveau coup de pelle a achevé madame Baker. Elle n'a cessé de pleurer et d'essuyer ses larmes dans un vieux chiffon. Elle a trié les affaires de ses parents, vidé la maison, décidé de la vendre pour se reconstruire ailleurs, loin de sa jeunesse. Mais elle n'a pas pu changer d'adresse. Elle a préféré rester chez elle. Elle a même accroché des photos un peu partout, jusque dans les toilettes. Sa maison est le musée de son enfance et elle s'y sent bien.

Elle aurait dû profiter davantage de ses parents. Mais comment ? Elle passait déjà tout son temps avec eux. Qu'est-ce qu'ils lui manquent ! Pas une heure sans qu'elle ne pense à eux. Visiter son passé l'emplit d'un bonheur rassasiant. Quand elle s'y promène, quand elle prend des bains au milieu de leurs souvenirs communs, elle y trouve du réconfort. Elle adore regarder des clichés d'elle, enfant. Elle se demande si elle a bien été cette fillette aux salopettes de toutes les couleurs qui faisait de la corde à sauter sur sa pelouse soignée. Elle était la petite Rosie à la bicyclette rose. Elle était la petite Rosie qui accomplirait de grandes choses. Elle ferait de belles études, elle réussirait comme professeure, elle susciterait l'admiration. La petite Rosie est devenue une femme forte grâce aux encouragements et au dévouement de ses parents. Tout le monde y a le droit. Les parents meurent un beau matin, mais n'est-ce pas grâce à eux que l'on apprend à vivre ? Ne vaut-il pas mieux avoir des parents qui s'envolent, qu'aucun parent du tout ? Comment des enfants peuvent-ils rechigner, ne pas vouloir de cette vie, à l'instar de Joshua ?

Madame Baker termine son aspirine et se met debout. Les mains collées sur les hanches, elle réfléchit en tournant autour de son bureau. Toutes ces émotions l'inspirent. Toutes les images qu'elle a en tête, qui lui font du mal mais qui lui font du bien, sustentent son esprit. L'idée est là : au prochain défilé, elle ouvrira son discours sur sa propre histoire ! Sur elle, la professeure qui est devenue une star de l'adoption, une défenseuse de l'amour, la marraine des orphelins et la bonne fée des parents. Elle rappellera les valeurs de la famille. Elle racontera ses premiers pas, les heures de jeux et d'insouciance, et puis la période de l'adolescence, ingrate mais fondatrice. Si sa mère était dure, c'était pour son bien. Elle l'obligeait à étudier puis lui promettait des récompenses. Du shopping, des films à la télévision. Madame Baker a grandi dans ce parfait équilibre. Un bon parent recadre et amuse, il hausse le ton puis l'adoucit. À coup sûr, avec de tels mots, elle touchera son auditoire. Elle dira la violence du grille-pain et son père qui a flanché. Elle dira qu'elle était une adulte quand les drames l'ont cognée, mais que peu importe l'adulte que l'on habite, on demeure l'enfant qu'on a été. Il n'y a rien de plus important à plaider dans ce bas monde.

Elle pourrait presque pleurer. Mais elle sait que sa nostalgie est synonyme de force. Avec ce treizième défilé, la Baker Agency passera un cap et madame Baker vivra ses nouvelles heures de gloire. Elle est née pour ça. Elle déteste la misère.

38.

Joshua n'a pas dormi de la nuit. Il a failli réveiller Lopin mais il s'est ravisé. Il a attendu dans le noir et observé l'ombre des herbes au plafond. Le vent les secouait sans répit. Il s'est demandé pourquoi la brise extérieure se contentait de rafraîchir les murs sans jamais rafraîchir son esprit.

Ce matin, il a pris la navette en direction du gymnase sans ses amis. Lopin et Benjamin étaient dans l'autre convoi, alors il a fait la route avec une bande de garçons qu'il n'a jamais fréquentés. Tous étaient excités à l'idée d'avoir des parents. Ils faisaient des pronostics et imaginaient leurs futures familles. Ils étaient stressés, redoutaient de ne pas être choisis, de tomber sur des pauvres ou des radins, ou bien des frères et sœurs qui refusent de prêter leurs affaires. Ils rabâchaient qu'ils ne voulaient pas rester au foyer, l'antre de l'enfer. Ils disaient qu'ils n'aimaient pas la vie là-bas, que madame Baker était sévère et Magdalena bizarre avec ses oranges, ses photos, ses réflexions, ses histoires. Joshua n'était pas d'accord. Entre des parents et le foyer, il valait mieux le foyer.

Il se sentait à part en les écoutant. Ses mains tremblaient. Pour les calmer, il les a rangées entre ses cuisses. Il a essayé de déchirer la banquette de son siège, sous son pantalon, mais il n'a pas réussi. Désormais, il est dans les vestiaires avec Benjamin et Lopin, qu'il vient tout juste de retrouver. Il tait ses angoisses. Il répète qu'il va défiler de travers et tout faire pour déplaire. Si on le convoque, il dira qu'il est diabétique. Il s'en fiche de mentir, il a appris à le faire. Benjamin est tout aussi déterminé à dégoûter les parents. Il a prévu de vomir sur le tapis.

— On va réussir ! crie Benjamin.

Les trois garçons joignent leurs mains au centre de leur ronde, comptent jusqu'à trois et lèvent les bras en l'air.

— Rendez-vous dans les toilettes après les speed dating pour s'enfuir, rappelle Benjamin.

— OK, répond Joshua.

— OK chef, répond Lopin.

Trois filles entrent dans les vestiaires. Elles échangent des messes basses. Elles causent de parents et comparent leurs robes. Elles se sont faites jolies pour l'événement. Les garçons les regardent à peine.

— Ça va commencer, dit Maryline qui investit la pièce à son tour.

— Tu te prends pour Baker ou quoi, rétorque Benjamin.

— Je vous dis ça pour qu'on fugue maintenant. Je viens avec vous.

— Ah bon, t'as plus espoir que Tania ta mère chérie vienne te chercher ? provoque Lopin.

— Va voir ailleurs si j'y suis !

Les enfants sont coupés par madame Baker qui apparaît dans l'embrasure et leur enjoint de la suivre. Ils s'exécutent en silence et lui emboîtent le pas jusqu'au paravent qui sépare les coulisses de la scène. La patronne rejoint quant à elle son pupitre, le visage haut. Elle est maquillée, ses joues sont orangées. D'épais bracelets tintent à ses poignets lorsqu'elle attrape une gomme antalgique dans la poche de la veste. Elle la mâche avec panache, avale sa salive loin du microphone et offre un sourire à l'assemblée qui la guette.

— Chers futurs parents, bienvenue au treizième défilé de la Baker Agency !

On lance la musique pop. Madame Baker plaque ses mains contre son cœur et rejette d'une fausse modestie la tonne d'applaudissements qui s'abat sur elle. Elle déploie ses bras pour remercier son public puis, d'une voix tendre et d'un débit parfaitement maîtrisé, entame son discours quant à son enfance. Elle décrit son vélo, raconte ses parents, leur charmante maison et les heures passées à grandir. Son histoire envoie du rêve. Le public projette une vie de famille. Chacun profite du film auquel il a droit, jusqu'à ce que madame Baker embraye sur le grille-pain. Désormais, dans la salle, on renifle. La patronne prie l'assemblée de sécher ses larmes.

— Je suis là pour vous rappeler que la vie est belle et combien l'amour d'une famille est essentiel à quiconque ; il est une force incommensurable dont nous avons tous besoin pour respirer ! Vous êtes là pour transmettre cette force et vous allez en recevoir ! crie-t-elle dans son micro. Accueillons Firmin, notre premier candidat !

Firmin s'élance sous les commentaires de la patronne. Elle présente le garçon, sa grande perspicacité, sa passion pour les animaux, son sens du rangement. Une chambre impeccable au foyer ! Les parents applaudissent et félicitent Firmin. Bravo Firmin ! entend-on de part et d'autre du tapis.

Le défilé se poursuit. Les enfants se présentent tour à tour. Certains déploient de l'énergie et sourient, d'autres ne réussissent pas à surpasser leur stress ou leur timidité. Joshua évite de regarder le spectacle. Son tour est imminent.

— Voici Joshua ! Un petit garçon que j'aime particulièrement, prévient madame Baker.

Elle prend une pause, puis continue :

— Il aime les puzzles et il est très futé ! Il vous impressionnera !

Joshua a envie de se marrer. Il n'en peut plus de madame Baker et de ses salades. Il avance, contraint et indifférent. Ses épaules sont basses et son sourire absent. La première fois qu'il a défilé, son regard était franc ; il cherchait la bonne famille. Son espoir sautait partout. Sur un vêtement, un visage. Aujourd'hui, parce qu'il l'a décidé, il se montre éteint. En progressant sur son chemin, il se projette ailleurs pour en finir au plus vite. Il repense aux ombres de la nuit et convoque des images tristes pour ternir la sienne. Il voit des ponts abandonnés et un ciel gris. Il prête à sa vraie mère un visage sans amour et revoit les deux personnes qui l'ont arraché de chez madame Ozan. Il se souvient de la tête de la vieille femme, désolée et malade. Il revoit les nuages au-dessus de sa peine et le véhicule dans lequel il est monté de force. Il revoit la suite et il entend tout. Notre agence est la plus réputée du comté, as-tu des passions Joshua, je m'appelle Tania et voici mon mari Philip, ça donnera la courante à ton père, les poissons sont morts, il faut rendre le gamin.

Il pleure à l'intérieur en songeant à tout ça, et ça fonctionne. Il n'est qu'une masse noire sans âme que personne ici ne peut capter, saisir, désirer. Sur le tapis, il ne vend rien, il n'a rien à vendre. Il est un produit absent, une marchandise oubliée, une option sans promesse. Ses pas se succèdent dans ce qu'il imagine être un tunnel sombre. Lorsqu'il atteint le bord de la moquette, lorsque le sol du gymnase se dessine face à lui et lui confirme qu'il nage en pleine mascarade, il lève les yeux afin d'opérer son demi-tour. Il épie furtivement le public, cette ribambelle de gens bien alignés, excités, amusés. Il ne les reverra jamais.

Sa concentration vacille quand, au milieu des spectateurs, il aperçoit Catherine. Une vague de chaleur se loge dans sa poitrine et l'oppresse. Elle est venue ! Elle va demander à lui parler ! Elle lui adresse un signe de la main, la mine satisfaite et complice. Il accélère et croise les yeux de madame Baker, qui l'étudie durement, très certainement déçue de son attitude désinvolte. Il la snobe. Il se fiche complètement de ce qu'elle peut penser. Il est là pour sauver sa peau et, dans quelques minutes, il va se barrer avec ses copains.

Il tourne la tête afin d'écarter la patronne de son champ de vision et court sur les derniers mètres du tapis. Il se rue dans les vestiaires et donne un violent coup de pied dans le banc en métal. Le bruit le fait tressaillir. Il a peur de tout, il a peur de lui. Lopin et Benjamin ne sont pas encore passés. Joshua attrape sa casquette et l'enfile, puis se précipite désormais vers les toilettes. Il va se cacher dès maintenant pour éviter les speed dating et Catherine. Il s'enferme dans une cabine. Au loin, la voix de madame Baker résonne dans le gymnase et la musique retentit de plus belle. Elle tape sur les murs qui se referment sur lui. Joshua colle ses mains à ses oreilles pour ne plus entendre la fête. Il s'assied par terre et ferme les yeux. Il demeure quinze minutes de la sorte, à imaginer sa fugue, la rue de l'Enfer, le chantier du centre commercial, les maisons devant lesquelles il faudra passer. L'itinéraire est précis. Joshua voit les herbes, la lumière, et sa paire de baskets qui foule la terre jusqu'aux champs. Quand ils les atteindront, ils toucheront à la liberté. Joshua est installé dans son scénario quand une voix le surprend :

— Tu ouvres ? Je vois tes jambes là-dessous, dit madame Baker en frappant la porte des toilettes. Tu as un rendez-vous. Je te signale que tes copains sont déjà en train de discuter avec des parents.

Joshua ne bouge pas. Il est sûr que Catherine l'attend et il n'a pas envie de discuter avec elle. Madame Baker se penche, lui attrape un mollet et le secoue.

— Ouvre cette porte, Joshua. J'ai toujours tout fait pour toi, sois coopératif, s'il te plaît. Allez, je ne vais pas me répéter.

Elle secoue encore. Le garçon se résigne. Il active le loquet et, d'un pas las, suit la patronne jusqu'à la grande salle. Il se convainc que ça ne changera rien, il partira après. Il va dire à Catherine qu'il est devenu diabétique et qu'il la déteste, puis il regagnera les toilettes pour retrouver ses copains le plus vite possible.

39.

Assis à l'avant de la voiture de Catherine, Joshua ne dit rien. L'odeur le débecte. Tout le débecte. Il ne touche pas à la boîte à gants. Il regarde la route, il la connaît bien. Il reconnaît la maison quand elle se présente à eux. Elle n'a pas changé. Catherine, elle, ne cesse de sourire. Elle est heureuse. Elle ne voit même pas que Joshua ne l'est pas, parce qu'elle refuse de l'imaginer. Elle a acheté de la soupe et de quoi cuisiner des tacos. Elle sait ce qui fera plaisir au gamin. Elle sort son sac à dos du coffre et le porte sur son épaule en se dirigeant vers la porte d'entrée.

Joshua la suit d'un pas nonchalant. Derrière elle, il arpente le vieux gazon sec pour atteindre la maison qui se présente tout en hauteur. Il n'aime pas cet endroit et le mur sur lequel il jouait parfois à la balle. Des bidons et des outils traînent près de la clôture. Ça sent l'essence et la peine.

Edgar est dans le salon, étalé dans son éternel fauteuil gris. Catherine ne l'a finalement pas quitté, elle en est incapable. Joshua va les sauver, de toute façon.

Un jour, ils s'aimeront de nouveau, elle en est convaincue. L'absence d'enfants les a éloignés, la présence du jeune garçon ne pourra que les rapprocher. Après tout, quand le couple devient famille, la joie ne s'invite-t-elle pas avec cette nouvelle histoire ? Cette histoire, cette fois, ne quittera pas son ventre.

Joshua ne salue pas Edgar. Il longe le buffet, aperçoit le vase en céramique et monte dans sa chambre. Il retrouve la pièce qui l'a hébergé plusieurs mois auparavant, les murs pâles et le rideau tacheté de moisissure dans les coins. On dirait que Catherine a rempli les étagères de livres et de bibelots. Un cadre avec la photo d'un lac est posé sur l'une d'entre elles. Le velux, lui, est toujours en place. Il offre toujours la même vue sur le ciel chaud de Saint Helen. Rien n'a changé, ou si peu. Le silence est identique. En bas, personne ne bronche. Que font Catherine et Edgar ? Rien, comme d'habitude. Ces gens n'existent pas.

Joshua est de retour à la case départ. Au cas où il en douterait, une mouche passe. Elle vole près de lui et flirte avec son crâne. Il attrape son pot à crayons sans crayons et emprisonne la mouche quand elle s'arrête sur la commode. Il ne la voit pas mais il l'entend. D'ailleurs, il a l'impression de l'avoir déjà entendue. Elle cherche une sortie, se cogne aux parois du bocal. Joshua songe qu'elle veut certainement prendre l'air ou le premier avion. Il la comprend et hésite à la libérer. Après tout, cette mouche peut bien patienter avec lui. Elle lui tiendra compagnie en attendant que Lopin se gare sur l'allée des Pommiers. Ils avaient dit la nuit et la nuit sera bientôt là, puisqu'on est déjà le soir. Joshua s'assied sur son lit et découvre une petite serviette de bain pliée en quatre, un gant de toilette et un sachet de cacahuètes. Il attrape le tout et le fourre dans son sac, puis il écrase sa frange, replace sa casquette et renoue ses lacets. Il est prêt. Lopin et Benjamin seront là d'une minute à l'autre.

Note de l'auteure

Aux États-Unis, le *rehoming* (la réadoption), concerne près de 25 000 enfants chaque année. Ce roman s'inspire très librement du phénomène et de ses dérives, qui ont notamment été révélées par la journaliste et réalisatrice Sophie Przychodny. Son reportage « États-Unis, enfants jetables » a été diffusé sur France 5 en 2016.

Remerciements

Merci à Delphine Roché d'avoir cru en ce texte complètement fou. Sans toi, je l'aurais sans doute lâché.

Merci aux éditions Flammarion, Sophie de Closets et Pauline Faure, pour l'avoir révélé à lui-même. Merci de l'avoir amené bien plus loin que mes espérances.

Merci à l'année 2024, si particulière. Merci à l'alignement des planètes ; finalement, rien n'arrive par hasard.

Merci à vous, de l'autre côté de cette histoire et de mes écrans. On écrit toujours pour être lu, alors merci d'être là.

Cet ouvrage a été mis en pages par

<pixellence>

CET OUVRAGE
A ÉTÉ ACHEVÉ D'IMPRIMER
SUR ROTO-PAGE
PAR L'IMPRIMERIE FLOCH
À MAYENNE EN FÉVRIER 2025

N° d'édition : 640801-0. N° d'impression : 106413
Dépôt légal : mars 2025
Imprimé en France